目次

装丁　須田杏菜
装画　トミイマサコ

第一話

背広

遠くの空で炭火が燻《くすぶ》っているようだった。

宵の口の神楽坂《かぐらざか》を濠端《ほりばた》の交差点から見上げると、アセチレン灯が立ち並ぶ夜店を煌々《こうこう》と照らしている。冬の冷たい風に乗って、バナナの叩《たた》き売りの口上が聞こえてきた。

昭和の新時代になってからも、神楽坂は東京有数の歓楽街だ。仕事帰りのサラリーマンや学生ばかりではなく、料理屋や待合へ向かう座敷着姿の芸者も目立つ。

八年前に関東を襲った大震災の後、東京のあちこちが新しく造り直されたが、この神楽坂にはそういうよそよそしさがない。古い建物も多く残り、騒々しい中にもどこか懐かしい雰囲気が漂っている。

人混みを縫うようにして、よれた背広に角帽をかぶった一人の大学生が坂道を上っている。彼は近くの市ヶ谷《いちがや》にある私立大学に通っていて、神楽坂へは夕食を取りに来ただけだった。午後の授業が終わった後、今夜は下宿先の叔父一家が出かけていることを思い出したのだ。帰ったところで温かい食事はない。幸い財布の中には五十銭銀貨が一枚入っている。カレーライスを食べるついでに、ビールの一杯ぐらい飲んでも釣りが来そうだ。

客引きの声が左右から飛び交っているが、この学生は不思議と話しかけられることがない。周囲の喧噪《けんそう》に関心もない様子で、影のように人混みをすり抜けていく。

坂の途中で横丁に折れ、しばらく進むとレンガ張りの店屋が現われた。ペンキで書かれた看板には「●喫茶　千鳥《ちどり》」とある。塗りつぶされた「●」の下にはうっすら「純」の字が透けていた。学生のたまり場になっている安いカフェーだった。建て付けの悪い扉を開けて中に入った。

珍しく学生の姿はなく、初老の客が一人いるだけだった。所狭しと観葉植物や籐《とう》家具が並べられ、裏通りのカフェーにしては珍しい南洋風の内装だ。熱帯らしさを強調するように、むっとするほど暖房が効いている。

「あらあら、こんばんは」

青い三角柄の着物に白いエプロンをかけた大柄な女給が駆け寄ってくる。パーマネントで波打っている短い洋髪が、黒々とした太眉《ふとまゆ》によく似合う。詳しい年齢を聞いたことはないが、二十歳はとうに過ぎているはずだ。

「宮子《みやこ》さん、こんばんは」

角帽に手をかけて挨拶《あいさつ》を返す。宮子は立派な八重歯を見せて笑った。

「お久しぶりねえ、いつだったかしら。前にいらしたの」

学生は軽くため息をついた。

「……先週です」

「えっ、そうだった？　まあ……」

女給はばつが悪そうに目を泳がせる。かける言葉を必死に探したものの、結局なにも思いつかなかったらしい。

「では、こちらへどうぞ！」

なにごともなかったかのように、学生を奥の席へ案内する。実は前に来た時も、その前もほぼ同じやりとりをしている。週に一度はこの店を利用しているのに、彼はここの女給たちに憶《おぼ》えられていない。

それでも腹は立たなかった。宮子たちのせいではない。ただ彼が極端に印象の薄い人間だからなのだ。色白の細面に涼しげな目元口元、顔立ちはそこそこ整っているが、これといった特徴に乏しい。洋品店に置かれたマネキン人形のように、人の記憶に残りにくい容姿だった。

生まれ育った神奈川の小田原《おだわら》で教育を受け、今は東京の私立大学に在籍しているが、どこの学校へ進んでも級友たちから注目された記憶がない。その場にいれば親しく話しているものの、ふと「そういえば君、名前は？」と尋ねられることがしょっちゅうあった。

「そういえばお名前伺ったこと、あったかしら」

四人掛けのテーブルに着いた途端、案の定宮子が尋ねてきた。この質問もこの前受けている。

一瞬、間を置いてから、

「……甘木《あまき》です」

喉《のど》のつかえを吐くように答える。名乗る時はいつも気後れがする。

「ああ、そうそう。甘木さんだったわね。ご注文は今日もカレーライス？」

名前を憶えてくれなくても、宮子は不思議と前回注文した料理を忘れない。この女給の特技だった。

「ええ……それにビールを」

「かしこまりました。少々お待ち下さい」

弾んだ足取りで彼女は去っていった。

甘木は自分の姓を好いてはいない。理由はその字面にあるのだが、他人に詳しく説明することは滅多になかった。

「ビール、お待ちどおさま」

宮子がテーブルに泡の立ったビールのグラスをがちんと置く。片手の盆には白いアイスクリームの盛られたガラスの器が見えた。他の客が注文したもののようだ。

「この季節にそんなものを出すんですか」

真夏ならともかく、今は十二月だ。アイスクリームはメニュー表にもなかった。

「ご要望があれば、うちは何でも作るわよ。『不純喫茶』ですもの」

彼女は苦笑いを浮かべた。

「ご存じなんですね、それ」

口の悪い常連の大学生たちが広めたあだ名だった。

もともと「千鳥」はコーヒーだけを提供する本格的な純喫茶店だったが、残念なことに肝心のコーヒーがまるで美味《うま》くない。せめて他の飲み物や料理を出してくれという、口やかましい学生たちの希望に応えているうちに、得体の知れない大衆食堂と化していった。今は「純喫茶」の看板から「純」の字を消して実状に近づけている。

甘木から離れた席にいる初老の一人客は、焼き魚と漬け物をおかずに丼飯を黙々と口に運んでいた。純喫茶にはほど遠いメニューだ。

「そりゃ、あんな大声で言っていれば気付くわよ。でも、うちは不純でも健全なお店だから、そこは間違えないで貰《もら》いたいわ」

最近流行のいかがわしいカフェーのように、女給が客にしなだれかかるようなサービスを「千鳥」は提供していなかった。店主のせめてもの矜持《きょうじ》なのだろう。欲求は欲求でも食欲に応える方がまだましというわけだ。

「カレーライスもすぐお持ちするわね」

隣のテーブルにアイスクリームを乱暴に置き、宮子は厨房《ちゅうぼう》へと戻っていった。今まで気付かなかったが、隣のテーブルにも別の一人客がいるようだ。今は姿が見えないが、壁には山高帽子と灰色の背広がかかっている。背広の柄は細かな格子縞《こうしじま》で、袖口《そでぐち》や襟がかなり傷んでいた。

(おや?)

甘木は自分の着ている背広を見下ろした。こちらも灰色の格子縞だ。同じようにあちこち傷んでいる。よく似た背広が二つ。妙な偶然もあったものだ。

靴音を鳴らしながら、洗面所の方から白いワイシャツ姿の客が戻ってきた。隣のテーブルに腰を下ろすと、ちょうど甘木と向かい合うような格好になった。

あ、という声を甘木は呑《の》みこむ。知っている顔だった。

黒縁の眼鏡をかけた中年男で、ぎょろりと目が大きく、唇の両端がへの字に下がっている。一度見たら忘れられない顔だ。甘木が通っている私立大学のドイツ語部教授だった。

名前は確か——内田《うちだ》榮造《えいぞう》。

考えてみれば「千鳥」では学生以外の客もよく見かける。教授が来ていても不思議はなかった。内田先生は学内でも偏屈で通っている。甘木もドイツ語の授業を受けているが、他の先生に比べると異様に厳しい。予習復習は必須《ひっす》で、質問に答えられなければ叱りとばされる。私語はもちろん厳禁。雑談など一切なく粛々と授業は進められる。ドイツ語を学ぶ学生たちから鬼のように恐れられている教授だった。

さすがに気付かれたら挨拶しない訳にはいかない。身構えていた甘木だったが、いつまで経っても声をかけられる気配はなかった。かっと両目を見開いたまま、いやに真剣な顔付きでアイスクリームの器や灰皿や塩の瓶を並べ直している。どうやらきちんと整列していないと気が済まないらしい。しばらくそれを続けてから、一仕事終えたようにデザートスプーンを手に取った。

アイスクリームを口に運んだ途端、にっと満足げな笑みが口元に広がった。品のある所作をどうにか保ちつつ、せわしなく氷菓子を口に運んでいる。よほどの好物なのだろう。

(子供みたいな人だな)

甘木は先生から目を離せずにいた。鬼のように厳しい教授の意外な一面を目にした気分だった——いや、意外と言えるほどこの先生を知っているわけでもない。妙な噂をいくつか耳にしている程度だ。方々から金ばかり借りていて、給料日になると借金取りが教授室までやって来るとか。あまり裕福ではないことは、しんなりと着古されたシャツやズボンからも窺《うかが》える。

元々は誰か有名な作家の門人で、今もたまに小説や随筆を雑誌に発表しているとも聞く。一風変わった人物であることは間違いなかった。

「カレーライス、お待たせしました」

頭上から声がして、カレーライスの皿が顔の前を勢いよくかすめる。茶色の汁がテーブルにも跳ねたが、宮子はお構いなしにスプーンをテーブルに転がした。

「ごゆっくりね」

屈託なく笑いかけて離れていく。わざと乱暴にやっているわけではなく、もとから大ざっぱな性格なのだ。

食べながら隣のテーブルに目を戻すと、いつのまにか先生がこちらを凝視していた。と言っても、視線の先にあるのは甘木ではなく、ビールとカレーライスのようだ。自分もあれを頼めばよかった、とでも思っているのかもしれない。肉や玉ねぎがごろりと大きく、美味そうなのは確かだ。

一度スプーンを置いて会釈をしたが、先生は何の反応も返さなかった。大きな目玉を動かして、カレーライスの皿とビールのグラスを交互に見続けている。甘木が自分の教えている学生だと気付いていないのかもしれない。今日は普段と違って学生服を着ていないし、椅子の上に置かれた学帽は先生の座っている席からは見えない。

甘木は苦笑いで食事に戻る。影の薄い彼が顔や名前を忘れられるのはいつものことだ。仕方がないと普段は諦《あきら》めているが、今日はなぜか残念な気持ちが先に立った。この先生の人となりに、少し興味が湧いているのかもしれない。

口に運んだカレーライスをビールで流しこもうとした瞬間、

「甘木君」

心地よく通る声で話しかけられて、料理や酒を噴き出しそうになった。ぎょろりと剝《む》いた両目を料理に向けたままで、先生は言葉を継いだ。

「よかったら、こちらのテーブルに来なさい。一緒に食べよう」

「僕のこと、ご存じだったんですか」

席を移った甘木は開口一番に尋ねる。アイスクリームの最後の一口を名残惜しそうに味わっていた先生は、黒々とした眉を寄せてにべもなく答えた。

「自分の教えている学生の顔も知らないでどうする」

ほっとしたような、不思議な温かみが甘木の胸に広がった。ビールのアルコールが回り始めたせいかもしれないが。

「君はなぜカレーライスを食べながらビールを飲むのだ」

「えっ?」

突然の質問に甘木は戸惑った。

「カレーライスの辛さとビールの苦さが口の中で混じり合って、喧嘩《けんか》してしまうじゃないか。せっかくのビールがもったいないとは思わないかね」

思わず目の前のグラスを見下ろす。カレーライスのついでに、軽い贅沢《ぜいたく》のつもりで注文しただけだった。

「そこまで、深く考えていませんでした」

嘆かわしいと言わんばかりに先生は首を振る。

「組み合わせや順番は大事だ。せっかく夕食にビールを飲むのだから」

すみません、とつい口に出しそうになって、謝る筋合いのことでもないと思い直した。

「先生はどんな料理を召し上がったんですか」

デザートを食べているなら食事は終わっているはずだが、先生は怪訝《けげん》そうに首をかしげた。

「何を言っているのかね。私の夕食はこれからだ」

「は?」

「先生、おまちどおさま。カツレツとビール、お持ちしました」

宮子の声が降ってきたかと思ったら、分厚いカツレツが山盛りになった大皿とビールのグラスがテーブルに置かれた。胃袋がぞわぞわするような揚げ物のいい香りが漂う。先生は眼鏡の奥で両目を輝かせると、さっそくカツレツを一枚取ってナイフで切り始めた。

「あの、食事の前にアイスクリームを召し上がっていたんですか」

「喉が渇いていたからな。食前酒のようなものだ」

大きく切ったカツレツを一口食べてから、ビールを一気に喉に流しこむ。よほど美味《おい》しいのか、唇の端がほんのりと緩んでいる。

「それなら、ビールを先に召し上がれば良かったのでは……」

「ビールはそれに合う食事と一緒に飲む方がいいが、アイスクリームはそれだけ食べても美味いだろう。ただし、しょせんは氷菓子だから腹はふくれない。どうせならたっぷりのカツレツとビールが欲しい、そういう欲求に耐えながら食事前にアイスクリームを味わうのが乙なのだ。さっきも言ったように、組み合わせと順番は大事だよ」

「はあ」

とりあえず相槌《あいづち》を打つしかなかった。さっぱり分からない。そう思いながらも、甘木は肚《はら》の底から湧いてくるほのかな笑いを噛《か》み殺していた。この先生は自分なりの強いこだわりを持っている。外見だけではなく、頭の中身も個性的だ。話を聞いていると妙に面白い。

「よかったら君も一枚おあがりなさい。ここのカツレツは悪くない」

「僕は結構です。カレーライスの残りが食べられなくなりそうですし」

「ではビールを頼もう。それなら腹に入るだろう。カレーライスを食べ終わったら飲むといい」

先生は宮子を呼んで二杯注文する。いつのまにか先生のグラスは空になっていた。彼女は上機嫌でカウンターまで走っていき、なみなみとビールの注がれたグラスをテーブルに叩きつけるように置いていった。甘木は酒に弱い方だが、今日は付き合いたい気分だった。

先生は酒を飲んでも顔色の変わらないたちのようだ。みるみるうちに中身を飲み干して、さらに追加を頼む。もちろんカツレツも猛然と食べ続けている。

「甘木君はこの店によく来るのかね」

「週に一度は来ています」

カレーライスと一杯目のビールを腹に収め、甘木はやっと二杯目に口を付けた。もう目の縁が熱く、重たくなり始めていた。

「でも、はっきり名前や顔を憶えてもらえないんです。僕は影の薄い人間で……名字が甘木だからでしょうか。つまり……」

急に説明するのが恥ずかしくなった。まるで名前のせいにしているみたいだ。すると、先生は空中に素早く「甘木」の字を書いた。

「なにがし、と読めるということかね」

「ええ、そうです！」

思わず腰が浮いた。こんな話を分かってもらえるとは思わなかった。

甘木——縦書きすると「某《なにがし》」を引き延ばしたように見える。一度そう見え始めると、なかなか「あまき」とは読めなくなるのだ。無個性な人間だと触れ回っているようで、どうしても好きにはなれなかった。

「先生はどうして僕の顔と名前を憶えていらしたんですか」

暑くなってきたので背広を脱ぐ。すかさず駆けつけた宮子が壁にかけてくれた。

「この大学で、そういう先生は初めてです」

甘木の呂律《ろれつ》が怪しくなっていた。あたりの光景がゆっくりと渦を描くように回り始めている。その中心に先生の見開かれた目があった。吸いこまれそうな気がして、甘木は目を閉じた。

「顔や名前を憶えにくそうな学生だから、かえって君に注目していた」

暗闇の中で先生の声が響いた。

「どういうことですか」

「常にいないようでそこにいる、ということは、常人にはなかなか難しい。見方を変えれば、それも特殊な才能だよ、甘木君」

まだ世界が回っている気がして、それを止めるように人差し指を額に押し付ける。再び目を開けると、視界は少し元に戻っていた。

「……誉めて下さってるんでしょうか」

「いや、そういうつもりはない」

真顔であっさり否定される。

「甘木君は自分の影の薄さに悩んでいるのかね」

「悩むというほどのことではありませんが、自分がその……影が濃いと言ったら変ですが、もっと人の印象に残るような、個性的な人間だったらと思うことはあります」

甘木は先生の顔をじっと覗《のぞ》きこんだ。個性的な人間。例えばこの先生のような。

「影が薄いのは、悪いことばかりではない」

先生はグラスを一気に傾け、甘木も釣られてビールを飲み干した。

「誰からも見られる気遣いがなければ、見ることだけに集中できるじゃないか。影が濃すぎるのも考えものだ」

そこで一息ついて、先生は付け加えた。

「甘木というのは、良い名前だと思うがね」

たぶん自分の考えを率直に語っているだけだろう。けれども「良い名前だ」という言葉は、いつまでも甘木の耳の奥に残った。


この後しばらく、甘木の記憶は曖昧《あいまい》だ。

空いた大皿を下げに来た宮子に「お二人の背広は見分けが付かないわ」と言われたのをきっかけに、背広の話題になったことは憶えている。

「僕のは同郷の友人から借りたものですよ」

甘木はそう説明した。昨日、友人の青池《あおいけ》と井《い》の頭《かしら》公園でボート遊びの最中、二人とも池に転げ落ちてしまった。青池のアパートに自分の学生服を干して、彼の背広で帰ってきたのだ。

宮子は見分けが付かないと言ったが、間近で見比べると先生の背広の方が生地も仕立ても格段にいい。ただ相当に古いもので、破れたところを繕った跡もある。

「私の背広は形見分けだ」

先生はしみじみと甘木たちに語った。

「[redacted]先生のご家族からいただいたものだ。もう先生より私の方が長く着ている」

■■の部分は聞き取れなかったが、もう一度確かめはしなかった。
「大学の先生にも先生がいらっしゃるのねえ」

宮子が能天気な感想を口にする。がちゃがちゃと皿の鳴る音がやけに響いた。

われに返ると、先生がテーブルで会計を済ませようとしていた。空のグラスや小皿の間に、財布をひっくり返して小銭まで並べている。有り金全てを出すつもりらしい。慌てて甘木も財布を出したが、大丈夫だと自信たっぷりに押し返された。

「どうせ明日にでも草平《そうへい》さんから借金するつもりだったのだ。今、文無しになったって構やしない」

「大丈夫じゃありませんよ。もし他の支払いがあったらどうするんですか」

「いちいちこんなことに学生が気を揉《も》む必要はない。私が支払いを持つのが心配なら、草平さんに奢《おご》って貰ったと思えばいいだろう。回り回ってあの人の財布から出るようなものだ」

おかしな理屈で黙らされた。「草平さん」が誰なのか、最後まで聞きそびれてしまった。

宮子に見送られて、二人は「千鳥」の外へ出る。すっかり夜も更けていた。合羽坂《かっぱざか》近くの自宅に市電で帰ると言う先生と、坂の途中で別れた。山高帽子にステッキを突きながら、遠ざかっていく背中をしばらく見送った。

厳しいと評判のドイツ語教授とこんなに長い時間過ごすとは思わなかった。人が好《よ》いというわけではないが、妙なところで面倒見がいい。それに、聞かされた話はどれも面白かった。

アルコールで体が火照っていたので、甘木は上着を抱えて歩き出した。もう夜店も片付けられ、行き交う人も少なくなっている。下宿している叔父の家は小石川《こいしかわ》にあり、神楽坂からは歩いて帰れる距離だった。

冷気が襟元に入りこんで、甘木は体を震わせた。夜風は止んでいたが、真冬にシャツ一枚で歩くのは無理がある。ビールの飲み過ぎで判断力が鈍っていた。

灰色の背広を広げて袖を通す。

突然、シャツの下の腕が粟立《あわだ》った。裏地が妙にひんやりして、けば立つような引っかかりがある。街灯の下で立ち止まり、上着に目を凝らす。

「あれっ」

青池から借りた背広ではない。先生の着ていたものだ。壁から取ってくれたのは宮子だったから、あの人が間違えたのだろう。自分たちも気が付かず、先生の方は甘木の着ていた背広を着て帰ったわけだ。もう引き返しても追いつけそうにない。明日にでも大学の教授室に届ければいいだろう。

歩き出そうとして、甘木は背広を見下ろす。もう一度羽織るのがなぜかためらわれた。

(私の背広は形見分けだ)

先生の声が蘇《よみがえ》る。気味が悪い、と思ってから、大きく頭を振った。形見分けなど誰でも身に着けるものだ。一体、何を気にしているのか。馬鹿馬鹿しい。

勢いを付けて背広を着こんだ。冷たい感触にちりっと背筋が震えたが、それも一度のことだった。しばらくすると温《ぬく》もりが戻ってくる。仕立てがいいから着心地が違ったのだろう。自分のような若造が、上等な服に慣れていないだけのことだ。

下宿先の家を目指して、甘木は再び歩き出した。


その晩、甘木は夢を見た。

灰色の背広を着た中年男が、柳の下で子供たちに囲まれている。口髭《くちひげ》を生やした神経質そうな顔つきには、どことなく見覚えがある。甘木自身も子供たちの群れに交じっていた。

黄色い矢印柄の手拭《てぬぐ》いを取り出して、男はくるくると紐《ひも》のように細く捩《ねじ》った。

「今にその手拭いが蛇になるから、見ておろう。見ておろう」

期待して見守っていると、男は肩にかけた箱に手拭いを放りこんで、

「こうしておくと、箱の中で蛇になる。今に見せてやる。今に見せてやる」

と、真鍮《しんちゅう》の笛を吹きながら歩き出した。

いつまで経っても、手拭いが蛇に変わる気配はなかった。やがて子供たちを引き連れたまま、男は大きな川に行き当たる。底の方まで見通せない深さだが、そのままずぶずぶと足を踏み入れていく。羽織っていた背広が浮き上がり、灰色の染みのように川面に広がる。岸で見守る子供たちを尻目《しりめ》に、肩まで浸《つ》かってしまった。

「深くなる、夜になる、まっすぐになる」

くぐもったつぶやきの後でぶくぶく泡を吐き、ついに全身をすっかり沈めてしまった。子供たちから一斉に失望の声が上がる。人ひとり死んだのに嘆くそぶりも見せず、腹立ちまぎれに

次々と小石を投げこんだ。川面に丸い波紋がいくつも広がっていく。

そんな夢を繰り返し見た。灰色の背広を着た男が黄色い手拭いと一緒に川へ入るところは変わらなかったが、背広の人物だけがいつも違っていた。山高帽子をかぶった内田先生の時もあれば、友人の青池の時もあり、甘木自身の時さえあった。

凍りつかないのが不思議なほど川の水は冷たく、無数の細い針に肉を抉《えぐ》られるようだった。それでも手拭いは蛇にならない。このまま前に進もうと震えながら決めた。流れが胸まで深くなれば心臓は止まる。夜のように静かな終わりが来て、硬くまっすぐに凍りついた死体になるだろう。

「深くなる、夜になる、まっすぐになる」

涙を流しながら歌ったが、川の水が首まで来ても死ぬことはない。稲妻のような苦痛が全身を貫いた。悲鳴を上げた口にも冷水がどっと流れこみ、心臓が小豆のように硬く縮こまった。それでも意識だけは途絶えない。声ならぬ声で叫びながら、甘木は今すぐに絶命させてくれ、さもなければ蛇になってくれと神仏に祈り続けた。


目覚めると夜は明けていたが、甘木は布団から一歩も出られなかった。夢の中と同じように体の芯《しん》が凍えきり、それでいて頭や手足は煮えるようだった。

叔父たちが大慌てで医者を呼んでくれた。チフスや肺炎ではなさそうだが、風邪にしては高熱なので、しばらく安静にして様子を見るように、と話す声を遠くに聞いた。

それから丸二日、食事を取るのと手洗いに立つのを除いて、甘木は間借りしている二階の部屋でひたすら伏せって過ごした。

灰色の背広は鴨居にかかったままだ。

あれを着たせいで体調を崩したのではないか、そんな馬鹿げた考えがいくら振り払っても頭を去らなかった。夜中に目を覚ますと、すきま風もないのにふわふわと背広が揺れている気がする。

まるで生き物のようだった。

もちろん、こんなことは現実の出来事であるはずがない。高熱で視覚がおかしくなっているだけだ。甘木は自分にそう言い聞かせる。

壁に背を向けて、固く目をつぶった。


いつのまにか眠ってしまったらしい。

目を開けると、畳の上に赤々とした夕日が射しこんでいる。熱砂でも詰まったように頭が重苦しい。夕方になってまた体温が上がったのかもしれなかった。

何気なく背後を振り返り、ぎょっと半身を起こした。あの背広が壁から消えている。一体、どこへ行ったのだろう。急に動いたせいで頭がくらくらする。

「どうしたんだ。大丈夫か」

足下の方から知った声が聞こえてきた。部屋の隅に学生服を着た青池があぐらをかいている。

背格好は甘木と同じぐらいだが、浅黒い丸顔は眩《まぶ》しいほど健康的だ。

「……やあ」

干上がった喉からはかすれ声しか出なかった。青池が座ったままにじり寄ってきて、枕元にあったガラス製の吸い飲みを口にあてがってくれた。生ぬるい水が体に染み渡るようだった。

「ありがとう。助かった」

やっとまともに声が出た。

「どういたしまして」

青池は白い歯を見せた。彼は小田原にある仕出し屋の次男坊で、甘木とは生まれた時からの幼馴染《おさななじ》みだ。成績優秀で押しが強く、どこへ行っても人の輪に囲まれる。影の薄い甘木となぜかうまが合い、不思議と付き合いは途切れずに続いている。

昔気質《かたぎ》の両親から陸軍の士官学校へ進むよう勧められたが、本人はあろうことか文学の道を志し、反対を押し切って甘木とは違う私立大学の文学部に入学してしまった。

病気で休学を挟んだ甘木より一年早く上京して、今は荻窪《おぎくぼ》の安アパートで暮らしている。内職に追われて生活は苦しいものの、本人は充実した日々を過ごしているようだ。会って話すと、最近読んだ本やら自作の小説やらの話に長々と付き合わされる。先日ボート遊びで池に転落したのも、青池が己の目指す文学について熱く語りすぎ、興奮して立ち上がったせいだ。内田先生と毛色は違うが、青池も強い個性の持ち主だった。

「お前の学生服が乾いたから届けに来たんだが、病気とは驚いたよ。まさか、またここが悪くなったんじゃないだろうな」

　青池は自分の首筋に指を当てた。甘木の大学進学が遅れたのは、結核性のリンパ節炎が原因だった。もちろん今はすっかり治っている。叔父夫婦がすぐに医者を呼んでくれたのも、再発を心配してのことだった。

「ただの風邪だよ。少し熱は高いけれど」

「だったらこの前、俺が騒いでボートから落ちたせいか？」

　青池は後ろめたさを感じているようだ。慌てて首を振った。

「いや、違う。原因は……別のことだと思う」

　おかしな背広を着たせいだとは言えなかった。ふと、甘木はそれが青池の膝《ひざ》に乗っていることに気付く。彼も甘木の視線に気付いたようだった。

「ああ、これか。俺のものかと思って手に取ったんだが、よくよく見ると違うな。何なんだ、この背広は」

「それは……」

　一瞬、甘木は言い淀《よど》んだ。

「うちの大学でドイツ語を教えている先生のものだよ。この前、間違えて持ってきてしまった」

「ふうん」

　青池は背広をひっくり返したり、裏地に目を近づけたりしている。

「ものはいいが、ずいぶん古いな。その先生ってのはだいぶ年寄りなのかい」

「年寄りじゃない……内田榮造って先生だ。その先生は自分の恩師が亡くなった時、形見分けで貰ったそうだよ」

青池は背広を広げたまま、顎《あご》を撫《な》でて考えこんだ。

「……ということは、今はその先生のところに俺の背広があるのか？」

そういえばそうだ。こうして青池が学生服を届けに来てくれたのは、自分の背広を持ち帰るつもりだったからだろう。無駄足になってしまった。

「すまない。そういうことなんだ。今度、返して貰って届けるよ」

「まあ、それもいいが」

何を思いついたのか、青池はにやりとした。

「この背広、お前が治るまで借りていいか。こういう背広が欲しかったんだ。その先生も俺のを着ているんだから、おあいこさ」

甘木の背筋が強張《こわば》っている。おそらく熱のせいばかりではなかった。

「その背広を着るのはやめた方がいい」

つい口が滑った。青池は目を瞬かせる。

「どうしてだ」

「どうしてって……何かおかしいんだよ、その背広は」

「どんな風に？」

興味津々で身を乗り出してくる。今さら隠しても仕方がない。笑われるのを覚悟で、背広を着て帰った夜に見た夢を詳しく話した。冷たい水に浸かって死んだ挙げ句、目覚めたら異様な高熱で動けなくなっていたこと、真夜中に背広がふわふわ動いて見えたことも。

最初は真剣に頷《うなず》いていた青池だったが、案の定最後は笑いをこらえていた。

「お前も意外に感受性が豊かなんだな」

からかうような調子に、甘木はむっとした。

「冗談で言ってるんじゃない。あんな気味の悪い夢は見たことがなかった。何かの物語みたいな、変な感じもして……」

「体調が悪いんだよ、お前は。目の錯覚ぐらい起こるし、精神だっておかしくなる。普段だったら夢なんて絶対に真に受けないさ……とりあえず横になれよ」

甘木は大人しく布団をかぶった。確かにそうかもしれない。天井の丸い節目がやけにちかちかする。

「そんな話は小説にだってあるぜ。本で読んだりした内容が、脳のどこかにでも残っていたんじゃないのか。記憶なんて不確かなものだ」

「僕は知らないよ。青池は違うだろうけど」

甘木は小説本の類いをほとんど読まない。両親は芝居や講談にも無関心で、子供時代から物語というものにほとんど触れてこなかった。たまに青池から蔵書を借りることもあるが、ほとんど斜め読みだけで終わっていた。

「脳のどこかって言ったろう。本人が忘れているようなことが、何かのきっかけで夢に出てくる……精神分析学の本にも載っていることだ。熱が出たのは別の理由で説明がつく。俺たち、池に落ちたんだぜ」

聞くうちに自信がなくなってくる。ひょっとすると、甘木の記憶にある話なのかもしれない。ただ、背広のことが引っかかる。あれを着たことが夢を見たきっかけになっているとしか思えない。どこでどうあの内容と繋《つな》がるのだろう。

「夢のことなんて考えても仕方ない。少し休めよ」

青池の言うとおりだった。喉元まで布団を引き上げて、しばらく雑談して過ごした。

もう例の夢には触れなかったが、ずっと青池が背広を膝から放さずにいるのが気にかかった。猫でも愛おしむような手つきで、優しく襟のあたりを撫で続けている。

ふと気が付くと、窓の外は黒々としていた。青池は帰った後で、真っ暗な部屋にいるのは甘木一人だった。

灰色の背広は影も形もなくなっていた。

まるで憑《つ》き物が落ちたように、一晩明けるとすっかり平熱に戻っていた。

背広は青池が借りていったに違いない。どうしているのか心配だった。自分のように寝込んでいなければいいが。青池の住む荻窪のアパートには管理人がいるとはいえ、こんな風に看病を受けられるわけではない。

取り返しに行きたかったが、その日は部屋で過ごすことになった。せめて今日一日は大人しくしていなさい、と叔母に止められた。ここ数日口にしたのは薄い粥《かゆ》だけで、いきなり遠出するような体力もない。大人しく従うしかなかった。

翌日の日曜はよく晴れ渡っていた。昼食の後に荻窪へ出かけることに決め、久しぶりに布団を上げて部屋を整理していると、階下の玄関から物音がした。

誰かが訪ねてきたらしい。叔父夫婦は家におらず、小学生の甥《おい》が甲高い声で応対している。二階にいます、という返事の後、階段を上がる足音が近づいてきた。

甘木に客が来たのだ。ひょっとすると青池かもしれない。廊下に出ようと襖《ふすま》に手をかけた途端、向こうからからりと開いた。

「うわっ」

つい声を上げてしまった。山高帽子をかぶり、黒い外套《コート》を着た中年の男が仏頂面で立っていた。この前「千鳥」で一緒に過ごした内田先生だった。

「おはよう、甘木君」

先生は帽子を軽く上げて挨拶する。

「お……おはよう、ございます」

やっとのことで答えた甘木の手に、風呂敷《ふろしき》包みが押し付けられる。結び目をほどいてみると、灰色の背広が現れた。もちろんこの部屋にあった先生の背広ではない。「千鳥」に行った晩、甘木が着ていたものだ。

「これは君のものだ。代わりに私の背広がここにあるはずだが」

不機嫌そうな声だった。二つの大きな黒目に甘木の顔が映っている。きっとここ数日、大学の教授室へ甘木が届けに来るのを待っていたのだろう。なかなか現れないので、仕方なく休日にここまで足を運んだというわけだ。申し訳なさに身が竦《すく》んだ。

「すみません。実は事情がありまして……」

甘木は頭を下げて、青池が持ち帰ってしまった顚末《てんまつ》を語った。これから訪ねて取り返します、と付け加えると、先生は表情を変えずに頷いた。

「そうしてくれ。あれは大事なものだ」

「本当にすみませんでした」

「いや、そう何度も謝ってもらう必要はない。持っていったのは、その青池という学生なんだろう。とにかく急ごうじゃないか。荻窪のどこかね。その学生のうちは」

「え？」

甘木は首をひねった。何だか話がおかしい。

「先生も一緒にいらっしゃるんですか？」

てっきり甘木が一人で行くものと思いこんでいた。先生はじれったそうに山高帽子をかぶり直した。

「その方が手っ取り早く片付くだろう。私のものを取り返すのだから、私が同行してもおかしくない。早く支度しなさい」

有無を言わさずに命令して、先生は階下へ降りていった。

甘木たちは市電で水道橋《すいどうばし》まで行き、省線の中央線に乗り換えた。

水道橋駅のホームで待っている間、甘木は先生を横目で窺った。黒い外套《コート》に同じ色のズボン。山高帽子に竹のステッキ。そして白い軍手――一つ一つはありふれたものだが、組み合わせに妙なこだわりを感じる。この先生にはよく似合っていた。

特に世間話をするでもなく、先生はむっつりと黙りこんでいる。けれどもホームに真新しい小豆色の電車が入ってきた時、わずかに頬が緩むのが見て取れた。

いそいそと車両に乗り込むと、両側の窓に沿った長い座席に一瞬戸惑った様子だった。そして躊躇《ためら》いなく靴を脱ぎ、窓の外を向いて座席にきちんと正座した。

乗客たちの視線が一斉に集まった。子供以外にそんな座り方をする客はいない。電車が動き出してからも、まばたき一つせずに流れる景色を追っている。今、この電車を外から眺めたら、厳めしい中年男の顔が窓に貼りついていることになる。さぞ驚かれるのではないだろうか。

「いつもそうしているんですか?」

甘木は小声で尋ねる。隣に座っているのに、体の向きが正反対なので落ち着かない。

「座席が進行方向の前や後ろを向いている時は、私だってこんな座り方はしないさ。長い座席で外を見るには、こうする以外にないじゃないか」

窓から目を離さずに答える。いちいち景色など見ない、という選択肢はないようだ。余すところなく車窓からの眺めを堪能《たんのう》するのも、先生のこだわりの一つなのだろう。

「電車がお好きなんですね」

「好きなのは蒸気機関車だ。電車はどうにも味気ない」

電車は隣の飯田橋《いいだばし》駅に着いた。先生の目玉がちらっと甘木の方に動いた。

「君は列車の窓から外を見ないのか」

「は？　……はい、あまり」

「せっかく乗り物の中にいて、外を見ずに何をしているんだね。実家へ帰る時は鉄道を使っているだろう」

生まれて初めてされる質問だった。普段と違う頭を使わされている気がした。

「それは……雑誌や新聞を読んだり、居眠りをしたり、買ったお茶を飲んだり……」

だんだん声が小さくなっていく。なんだか自分の方がおかしいのではないかと思えてきた。

甘木は首と体をねじって、背後の窓を振り返る。すると、先生にぴしゃりと注意された。

「絞った手拭いじゃあるまいし、そんなみっともない姿勢で外を見るのはやめなさい。だったら新聞でも読んでいることだ」

とはいえ手元に新聞はないし、先生と同じように靴を脱ぐ勇気もない。風呂敷に包まれた青池の背広を、膝の上で無闇に回すぐらいしかできなかった。

「私は学生の時分、よく東京と岡山の実家を往復していた。どこの景色を見せられても、どの土地なのかすべて答えられた。線路沿いのどの家が建て直され、どの木が切り倒されたかまで憶えていたものだよ」

「そうなんですか」

半信半疑で相槌を打つ。いくら列車が好きでも、そこまで憶えられるだろうか。とはいえ、先生は至って真剣だ。少なくとも先生本人はそういうつもりでいるのだろう。


三十分ほどで二人は荻窪に着いた。

駅前の通りには瓦葺《かわらぶ》きの商家と空き地が半々ぐらいで並んでいる。背の高い建物は一つも見当たらない。いかにも郊外という風情だった。

すり切れたドテラを羽織り、だらしなく長い前髪を垂らした、いかにも文学青年風の若者がベンチで焼き芋をかじっていた。「世田谷《せたがや》界隈《かいわい》には左翼作家が、大森《おおもり》界隈には流行作家が、このあたりには三流作家が住むんだ」と青池が笑っていたのを思い出した。

甘木は埃《ほこり》っぽい道路を先に立って歩き出す。目指す青池のアパートは歩いて数分の距離にある。

荻窪は緑豊かな別荘地で、資産家の大きな屋敷も多い。肥桶《こえおけ》を載せた四輪の馬車と一緒に、黒塗りの立派な自動車も走っている。

「青池という学生には、人のものを勝手に持っていく癖でもあるのかね」

背後から先生の声が聞こえてきた。じりじりと強い視線を首筋に感じる。

「そんなことはありません。金に困って、人から借りたりすることはありますが……」

「多少の借金は仕方がないだろう。高きから低きに水が流れるように、あるところからないところへ金が流れる。物理法則のようなものだからな」

急に先生が力説する。こんなところに物理法則という言葉が出てくるとは思わなかった。そういえば、先生もよく借金しているという話だ。

「上等な背広だったから、つい借りたくなっただけかもしれません」

甘木は自分の言葉を信じきれなかった。青池には厚かましいところもあるが、今までこんな真似をしたことはなかった。背広の質とは別の何かが、青池の理性を失わせた気がしてならない。

「上等なのは当然だ。あれはもともと漱石《そうせき》先生の背広だからね」

「えっ」

甘木は思わず足を止めた。

「漱石先生って、夏目《なつめ》漱石ですか」

文学に疎い甘木でも顔と名前を知っている。つい先日、青池が貸してくれて――正確にはどれでもいいから読めと迫られて、本棚から適当に何冊か抜いて帰った。甘木はそれまで漱石を読んだことはなかったが、青池は熱心な読者だ。現代日本の文学はやはり漱石から始まった、という話を何度も聞かされている。

「若い頃、私は漱石先生の門人だったと話したじゃないか。憶えていないのかね」

先生は呆《あき》れたように答えた。言われてみると、そんな話を聞いた気もする。

「漱石先生の有名な肖像写真があるだろう。椅子にもたれている、背広姿の……あの写真で着ている背広を、私が形見分けでいただいた。先週は先生の命日だったから、久しぶりに袖を通したのだ」

甘木も見たことがある。口髭を生やした漱石が、椅子に座って物憂げにポーズを取っている写真だ。あの背広に自分も袖を通したと思うと、なぜか顔から血の気が引くようだった。

「それを種に随筆を書いたこともある。あの写真は明治天皇崩御の後、大喪の礼に際して撮られたものだ。だから、よく見ると腕には喪章が巻かれている……ところで、なぜ私たちはここで立ち止まっているんだね」

「すみません」

甘木は再び歩き出す。頭に浮かんだのは例の夢のことだった。背広を着た男は見るたびに変わっていたが、名前の分からない口髭の中年男が一人いた。肖像写真の夏目漱石に似ていた気がする。記憶のどこかに名前が残っていて、それが夢に出てきたのだろうか。作家の夢を見たことなど一度もないのだが。

青池のアパートは川沿いにぽつんと建っていた。大震災の前からありそうな安普請で、不揃《ふぞろ》いな板壁には緑色の苔《こけ》が生えている。

玄関を入ってすぐのところに管理人室があった。ガラス窓の奥を覗きこむと、尋常小学校を出るか出ないかという年頃の少女が、ちゃぶ台の前で正座している。勉強でもしているのか、帳面に鉛筆で何かを書きこんでいた。その背中では妹らしい赤ん坊が眠りこけている。

甘木の存在に気付き、立ち上がって部屋の扉を開けた。

「何かご用でしょうか」

いかにも利発そうな、きびきびした調子で言った。足下から三、四歳の男の子が元気よく駆け出していった。ここの管理人夫婦は昼間よそへ働きに出ていて、この少女が幼い弟妹たちの面倒を見ていると青池から聞いている。

「僕は青池の友達で、甘木という者だけれど」

一応、甘木は名乗った。ここへ来る度に挨拶しているが、例によって顔を憶えられていなかった。

「青池を訪ねてきたんだ。部屋にいるかな」

「昨日からずっと部屋にいらっしゃると思います」

「ずっとって、全然外へ出ていないの？」

「はい、多分。一階にいらっしゃるところも見ていません。昨日の午前中、一度お出かけでしたけれど、すぐお戻りになりました」

つまり丸一日籠《こ》もりっきりということだ。単身者向けの古いアパートだから、それぞれの部屋に風呂も台所もない。一階の共同炊事場も使わず、銭湯にも出かけていないのは妙だった。

「昨日出かけた時、何か変わった様子はなかった？」

少女は顎に鉛筆を当てて考えこむ。大人びたしぐさだった。

「別に何も……ただ、『お出かけですか』って訊《き》いたら、『駅前の薬局に用がある』っておっしやってました」

薬局ということは、やはり体調が悪くなったのかもしれない。とにかく、会えば分かることだ。

「ありがとう。邪魔して悪かったね」

そういえば先生はどうしたのだろう。振り向くと玄関扉の外でしゃがみこんでいる。さっきまで管理人室にいた男の子と顔を突き合わせて、風船のように頬を膨らませている。先生があまりにも真剣なので、にらめっこの最中だと気付くまで時間がかかった。

「あの、先生」

声をかけた途端、取り繕うように膝をはたいて立ち上がった。

「何か分かったかね」

元通りの厳《いか》めしい顔つきで言った。

「青池は二階の部屋にいるようです」

先生は頷いてアパートの敷居をまたごうとしたが、男の子にズボンの裾《すそ》をしっかりと摑《つか》まれた。ひょっとこのように唇をとがらせて、先生の顔を見上げている。にらめっこの続きをしようと催促しているのだ。先生は閉口したように手を振りほどこうとしたが、相手はズボンの足に抱きついてそれを拒んだ。

「先に行っていましょうか」

噴き出すのをこらえながら甘木が申し出る。

「……ああ。すぐに行く」

甘木は靴を脱いで二階へ向かう。階段の途中で振り向くと、にらめっこを再開している先生たちの姿が見えた。子煩悩な大人が子供の相手をしているというより、図体の違う子供が二人いるようだった。階段を上がりきると、階下で子供の笑い声が弾《はじ》ける。先生が勝ったのだ。

薄暗い廊下を進んで、奥の部屋の前で立ち止まる。何事もなかったかのように先生も一階から追い付いて来た。

「その部屋かね」

「はい……青池、いるかい。甘木だ」

扉を叩いても返事はなかった。鍵《かぎ》も閉まっている。留守だろうか。もし高熱で動けなくなっているとしたら。

「管理人に開けて貰えないのか」

「本当の管理人はよそで働いているんです。下の子供たちは留守番で、鍵を持たされていません……あ、そういえば」

扉の太い上枠を探って、硬いものをつまんだ。埃まみれの真鍮の鍵だ。留守中に訪ねてきた客が部屋で待てるように、青池はここに合鍵を置いている。不用心だと注意したこともあるが、どうせ金目のものなんかないと笑い飛ばされた。

「青池、入るよ」

念のためもう一度声をかけて、甘木は鍵を開けた。

そこは北向きの六畳間で、お世辞にも日当たりがいいとは言えない。足を踏み入れると、じめついた畳が柔らかく沈みこむ。

青池の姿は見当たらなかった。不釣り合いに大きな本棚が置かれている他は、文机《ふづくえ》と万年床があるだけだ。家財らしい家財はあまりない。

「出かけているようだな」

先生はぎょろりと大きな目で周囲を見回している。

「そうですね」

甘木は胸騒ぎがした。さっき通った玄関以外にアパートの出入り口はない。あの目端の利きそうな少女に気付かれずに、どうやって外へ出たのだろう。薬局へ行くほど体調が悪い人間が。

「……先生の背広を着ていったようです」

普段、青池は外出用の服を鴨居にかけているが、今あるのは詰め襟の学生服だけだ。先生はいきなり押し入れの襖を開けた。背広がないか一応確認しているらしい。青池の衣類は上の段に詰まっていた。浴衣《ゆかた》やら白シャツやら肌着やらが、ぐしゃぐしゃに丸められて放りこまれている。下の段には物入れらしい大きな杉の茶箱と、古い文芸雑誌の山が見えた。

先生は顔をしかめながら襖を閉める。

「行き先の心当たりは?」

「この時間はよく散歩に行っていますが……」

今日もそうだとは思えない。何か異変が起こっている気がする。とにかく、手がかりを探した方がよさそうだ。

「青池という学生は、文章を書くようだな」

先生は文机を見下ろしている。原稿用紙の束の周りに、長さの違う鉛筆や、ブリキの筆箱や、汚れた灰皿が乱雑に散っている。小さな湯呑みには水が入ったままだった。文机の横にある薬《や》缶《かん》から注いだものらしい。

配置が気になるのか、先生は屈みこんで整理を始めた。原稿用紙の向きを揃え、筆箱に隙間なくびっしりと鉛筆を詰めこみ、灰皿の吸い殻まできれいに並べていく。「千鳥」でテーブルの皿を並べていたのと同じく、先生のこだわりが発揮されている。

「どういったものを書いているのかね？」

手を動かしながら口を開いた。文机には書きかけらしい原稿もあるが、本人以外にはまず読めない我流の続け字で埋まっていた。

「僕も読んだことはありませんが……」

甘木は答えに詰まった。人間の生涯を余すところなく描く大長編だとか、日常の一瞬を切り取る掌編だとか、青池が今書いているという小説の内容は聞くたびに違っていた。今は何を書いているのか知らない。

「……流行の左翼文学ではないようです」

それぐらいしか言うことがない。労働者と資本家の対立を小説で扱うより、人間の内面に奥深く迫りたい、と先日ボートから落ちる寸前に叫んでいた。

「そうか」

大して興味もなさそうに頷いて、先生は続いて本棚に目を移した。文学青年らしく蔵書にだけは金を掛けている。文学全集や百科事典の類いがずらりと並んでいる。一番上の段に収まっているのは漱石全集だ。

「……おや、これは」

漱石全集と同じ段から、先生は無造作に別の一冊を取り出す。背表紙に『冥途《めいど》』という書名があるだけの緑色の本だった。表紙の布は色あせて、角もすり切れている。古本屋で買ったもののようだ。

「それも小説の本ですか」

「まあ、そうだ。元は函《はこ》があったはずだが」

素っ気なく棚に戻してしまう。続けて甘木が手に取り、適当に開いてみた。


……私は見果てもない廣《ひろ》い原の眞中に起《た》つてゐる。軀《からだ》がびつしよりぬれて、尻尾《しっぽ》の先からぽたぽたと雫《しずく》が垂れてゐる。件《くだん》の話は子供の折に聞いた事はあるけれども、自分がその件《くだん》にならうとは思ひもよらなかつた。からだが牛で顔丈《だけ》人間の淺間《あさま》しい化物に生れて、こんな所にぼんやり立つてゐる。……

件という化け物に生まれ変わった人間の独白らしい。小説というより怪談のようだ。

「件というのは何でしたっけ」

「生まれてから数日で死ぬ、未来を予言する半人半牛の化け物だ」

先生はさらりと説明する。甘木は目次のページに戻った。今目にしたのは「件」という短編らしいが、他にも「木霊」「白子」「蠱頭子」など、妙な題名ばかりがずらり並んでいる。どの短編が何ページ目に載っているのかも印刷されていない。そもそもこの本にはページ数を示すノンブルが見当たらなかった。

「変な本だなあ」

何か異様なこだわりを感じさせる。一体誰が書いたのだろう。扉のページを開くと、著者は内田百間《ひゃっけん》――内田？　先生と同じ姓だ。

甘木はごくりと唾《つば》を飲みこんだ。

「ひょっとすると、先生がお書きになった本ですか」

先生の表情が渋くなった。そういえば小説も書くという噂を聞いたことがある。変な本だと言ってしまった。

「十年ほど前に出した創作集だ。大震災で版下が焼けて、絶版になってしまった」

大震災で多くの本が絶版になったことは甘木も知っていた。後から新しい版で刷り直された本もあったというが。

「絶版のままだったんですか」

口に出した瞬間にしまったと思った。これも失言だ。先生はますます渋い顔をする。

「売れなかったのでね」

部屋の中が静まり返った。一階から赤ん坊の泣き声が聞こえてくる。そうなんですかと軽く聞き流せないが、すみませんと謝るのもためらわれる。いたたまれなくなって甘木は本棚から距離を取った。

ふと、文机に近い畳に目が留まった。丸められた書き損じの下に、小さな紙が落ちている。拾い上げてみると質札だった。品物を質屋へ預けた時、代金と一緒に渡してくれる紙だ。

金目のものなどないと豪語する青池は、滅多に質屋を利用しない。質札に書かれている金額は二円。日付は昨日で――。

「あっ！」

甘木は声を上げ、振り向いた先生に質札を差し出す。預けられた品物は「背広」だった。あの灰色の背広は、質屋にあるのかもしれない。

「この質屋は、どこにあるのかね」

先生の顔色も変わっていた。

「駅前だったと思います。確か薬局の隣あたり……」

最後まで聞かずに、先生は部屋を飛び出していった。

ステッキを小脇に抱えた先生が、つんのめるような早足で歩いている。

その背中を小走りで追いながら、甘木は青池のことを考えていた。最初から金に換えるつもりで、甘木の部屋から背広を持ち出したのだろうか。いや、そこまで困っているなら、青池は素直に借金を申し出るだろう。甘木にも大して金はないが、どうにか都合を付けたはずだ。こんなことをする理由が思いつかない。

駅の改札口から見えるところに質屋の看板があった。先生は引き戸を開けて店に飛びこみ、荒い息で帳場にいる中年の店主に質札を突き出した。

「この質札にある背広を請け出したい。昨日、間違えてここに持ちこまれたものだ。もちろんその分の代金は払う」

人の好さそうな坊主頭の店主は、面食らったように先生と質札を見比べた。

「お客さんは青池さんじゃありませんね。どういったご関係でしょう」

「叔父だ」

先生は堂々と嘘をつく。無関係な人間だと分かれば、質草を請け出すのが面倒になる。借金が多いだけあって、質屋との交渉にも慣れているようだ。

少し考えてから、店主は奥の扉から倉庫へ入った。ややあって白っぽい麻の背広を手に戻ってくる。青池が実家の兄から貰ったお下がりで、今年の夏によく着ていた。もちろん、先生の背広とは似ても似つかない。

「この背広でよろしゅうございますか」

「いや、違う。質入れしたのはこれだけかね」

「そうですが」

嘘をついているようには思えない。甘木は会話に割って入った。

「昨日、青池がここへ現れた時、灰色の背広を着ていませんでしたか。これによく似た背広です」

甘木は抱えてきた風呂敷包みを開いた。先生の背広と交換で質入れすることになるかもしれないと思い、わざわざ持ってきたのだった。

「ええ。お召しでした」

店主は坊主頭を何度も縦に振った。甘木と先生は顔を見合わせる。青池はあの背広で外を出歩いているわけだ。

「なにか変わった様子はありませんでしたか。例えば、具合が悪そうだったり」

「さあねえ」

店主は首をかしげてから、そういえば、と切り出した。

「隣の薬局が開くのは何時かって訊かれましたよ」

また薬局の話が出てきた。ここで金を作ったのは、薬を買うためかもしれない。

「薬局へ行ってみよう」

と、先生が言った。

二人は質屋を出て、空き地を一つ挟んで隣の薬局へ入っていった。薬の他に煙草や化粧品など、様々な品物を扱っている。白衣を着た若い薬剤師が真新しい歯磨き粉をワゴンに積んでいた。洒落者《しゃれ》らしく撫でつけた髪の毛を、ポマードでてらてら光らせている。

甘木たちに気付くと、薄笑いを浮かべて寄ってきた。

「なにか御用ですか」

「昨日の午前中、こういう背広を着た、僕と同じ年頃の学生が来ませんでしたか」

薬剤師は甘木の持った背広にちらっと目をやった。

「ああ、青池さんかな。来ましたよ。昨日は薬をお売りしました」

青池とは顔見知りのようだ。そう答えてから、甘木を上から下までじろじろ眺める。

「僕は甘木の友達で、あいつを捜しているんです」

慌てて弁解する。後ろに立っている先生については説明しなかった。一言で説明するのは難しい。

「薬を買ったということは、青池は具合が悪かったんですね?」

「いや、元気でしたよ」

薬剤師はあっさり否定した。

「買っていったのは睡眠薬です。ベロナールを一箱」

「ベロナール……」

と、つぶやいたのは先生だった。竹のステッキを強く握りしめて、かっと開いた両目でどこかを凝視している。異様なたたずまいに声をかけるのもためらわれた。

「もう一度、アパートに戻って調べた方がいい」

先生の唇だけが動いて、かすれた声が洩《も》れた。

「青池という男が、何をしているのか分かった……このままでは危ない」

危ないというのが青池自身のことなのか、背広のことなのか、先生ははっきり説明しなかった。頭に載った山高帽子をぐらぐらさせながら、先生は大急ぎでアパートへ向かっている。背中は岩のように硬く張りつめていた。

アパートの玄関では子供たちが並んで蒸し饅頭《まんじゅう》をかじっていた。割烹着《かっぽうぎ》姿の中年の女が赤ん坊を抱きながら見守っている。確か隣に住んでいる主婦だ。甘木たちが出るのとすれ違いにお裾分けを持って来たのだろう。

「わたしたちがいない間、誰かがここを通ったかね」

先生が女に尋ねる。

「いいえ……」

「誰もお通りになっていません」

饅頭を持ったまま、少女がませた口ぶりで後を引き取った。先生は靴を脱いで二階へ上がり、青池の部屋の前で振り返る。

「扉を開けてくれ」

そういえば、合鍵は甘木が持ったままだ。元の場所に戻すのを忘れていた。鍵を開けると、先生はもどかしげに薄暗い部屋に入った。

相変わらず誰もいない。

先生は部屋の真ん中に直立し、四方にぐるりと首を回した。見えない光を発する灯台のようだった。ふと何かを見つけたらしく、文机に近づいていった。

「……さっきと違っている」

甘木も肩越しに覗きこむ。何の変化もなさそうだが——いや、よく見ると灰皿に溜《た》まっていた灰が机の天板から畳の上まで飛び散っている。

「すきま風が入ったんでしょう。この部屋ではよくあります」

安普請のアパートは、夏は暑く冬は寒い。強い風は部屋の中まで吹きこんでくる。一応、掃除してやろうと、落ちていた手拭いで天板を拭《ふ》いた。筆箱も持ち上げて灰を払う。がしゃりと鉛筆が音を立てた。

先生は湯呑みを手に取ってじっと中身を覗きこんでいる。幸いにして湯呑みはきれいなままだった。

「それで、どこを調べるんですか」

「もう調べる必要はない」

「えっ？」

思わず聞き返した。先生は澄んだ水から目を離さない。

「私が気になったのは鉛筆のことだ。さっきは筆箱にぴったり入れたのに、今は若干隙間が空いている」

甘木は筆箱を見下ろした。確かに持ち上げただけで鉛筆が鳴った。先生の言うとおりだ。

「よく憶えていらっしゃいますね」

　素直に感心して言った。

「きれいに並んでいるものは記憶に残るものだ」

　先生はこともなげに言った。常人にはとても真似ができそうにない。そういえば、列車からの景色も全て憶えていると言っていた。細々としたことに関して、先生は並外れた記憶力を持っているようだ。何の役に立つのかは別にして。

「鉛筆の動いていることが、そんなに大事なんですか」

「鉛筆だけなら偶然かもしれない。しかしもう一つ、この湯呑みの水にはまったく灰が入っていない。外側もきれいなままだ」

　先生は湯呑みを置いて、甘木の方に顔をぐいと近づけた。気圧《けお》されて思わず後ずさる。

「私たちが留守にしていた間に、この文机にあるものを動かした者がいる。鉛筆もそうだが、この湯呑みもそうだ。きっと窓の外に中身を捨て、灰を払って薬缶の水を入れ直したのだ」

「誰かって……誰ですか」

「君は合鍵を持って出てしまった。下の子供たちは鍵を持っていない。残るのは青池しかおらんだろう」

「でも、下にいた女の子やおかみさんは、誰も通っていないと言っていましたよ。他にアパートの出入り口はありません。青池はどうやって帰ってきて、また出て行ったんですか」

「簡単だよ。青池は帰ってきていないのだ」

焦《じ》れたように答える。甘木にはまったく意味が分からなかった。

突然、先生は押し入れに駆け寄って襖を開いた。上の段には衣類が詰めこまれ、そして下の段には大きな茶箱が収まっている——甘木は息を呑んだ。さっきと微妙に箱の様子が違っている。蓋が閉じきらず、わずかに隙間が空いている。先生は蓋《ふた》を畳に放り出し、茶箱の縁に手を掛けた。

「君も手伝いなさい」

「は、はい」

甘木も畳に膝をついた。二人がかりで茶箱を引きずり出す。その中には灰色の背広を着こんだ青池が、手足を縮めた胎児のような格好で仰向けにすっぽりと収まっていた。

「青池は昨日薬を買ってきてから、どこへも出かけていなかった。外へ出ていないのだから、帰ってくる道理もない。ここに隠れて、私たちをやり過ごしていただけなのだ」

先生の声をぼんやり聞きながら、甘木は全身を凍りつかせていた。青池は目を閉じたまま動かず、黒ずんだ肌からは血の気が失せていた。考えたくはない。しかし、ひょっとすると、事切れているのでは——。

よく見ると、胸元に置かれたベロナールの箱がゆっくり上下している。ついさっき、入れ替えた湯呑みの水で服用したばかりなのだろう。

青池は安らかな寝息を立てていた。

青池が目を覚ましたのは、午後も遅くなってからだった。

「しばらく前から、小説が書けなくなっていた」

布団の中から曖昧な細い声で語り始める。まだ体から薬が抜けきっていないようだ。

「これまでにない傑作を書き始めたつもりでも、十行と書かずに筆が止まってしまう。自分が空っぽになったようで、何の文章も出てこないんだ。実家の反対を押し切って上京したというのに、自分の無力が情けなかった。俺はこの程度か、となし
甘木は枕元で耳を傾けていた。この快活な友人がそんな風に思い詰めているとは想像もしていなかった。これといった目的もなく、ひっそりと日々を送る無個性な自分とは違って、一流作家を目指して充実した日々を送っていると決めてかかっていた。

そういえば、執筆している小説の内容は聞くたびに変わっていた。最後まで書き上げたという話も耳にしたことがない。友人の苦悩にもっと早く気付くべきだった。

「そのことと、あの背広がどう結びつくんだ」

今、灰色の背広は先生の膝の上にある。先生は本棚を背にして正座し、無言で煙草を吹かしていた。漂う煙に遮られて、甘木のいるところからはっきり顔は見えない。

「お前の見た夢だよ」

「夢？」

「話していたじゃないか。手拭いを蛇に変えようとして、しまいには川に沈んでいく男の夢……漱石の『夢十夜』によく似た話がある。『深くなる、夜になる、まっすぐになる』って

台詞《せりふ》までそっくりだ」

甘木は絶句した。『夢十夜』。題にはかろうじて聞き覚えはあるが、読んだ記憶はない。漱石の本はどれも飛ばし読みしかしていないが。

「待ってくれ。そんな馬鹿なはずがない」

不意に視界の外から、開いたままの本が畳を滑ってきた。先生が棚から抜いた本を寄越したのだ。漱石全集の一冊らしかった。

「今になる、蛇になる、
屹度《きつど》なる、笛が鳴る、」
と唄《うた》ひながら、とう〱河の岸へ出た。橋も舟もないから、此處《ここ》で休んで箱の中の蛇を見せるだらうと思つてゐると、爺《じい》さんはざぶ〱河の中へ這入《はい》り出した。始めは膝位の深さであつたが、段々腰から、胸の方迄《まで》水に浸《つか》つて見えなくなる。それでも爺さんは
「深くなる、夜になる、
眞直《まつすぐ》になる、」
と唄ひながら、どこまでも眞直に歩いて行つた。……

手の平にじっとりと冷たい汗がにじんでいた。甘木の夢では「爺さん」が背広の男になっていたが、それ以外は確かによく似ている。

「読んでいないよ」

「忘れているだけだ。俺はお前に貸した。いつものように飛ばし読みで済ませたんだろう」

ページを眺めるうちに、そんな気もしてくる。これまで借りて飛ばし読みした本を、どれも書名すらはっきり思い出せない。先日見舞いに来た青池が言ったように、記憶なんて不確かなものだ。

「曖昧な記憶も脳のどこかに残ることがある……人間の内面は奥深いものだからな」

記憶に残っていた『夢十夜』の内容と、先生から聞いた漱石の名前が結びついて、夢という形で現れた——確かにそう考えると一応筋は通ってくる。

「お前と同じ状況を再現すれば、俺も何かの物語を夢に見るかもしれない。そしてそれを小説に書くつもりだった。背広を借りたのはそのせいだ」

すきま風に漱石全集のページがめくれて、本に挟まれていた写真が現れた。物憂げなポーズを取る、口髭を生やした漱石の上半身が写っている。有名な肖像写真だった。先生の手に戻った灰色の背広と同じものを着ている。

ふと、背後の壁を振り返る。さっき甘木が返した青池の背広がかかっていた。

「……夏目漱石が着ていた背広と似ているから、その背広を買ったのか？」

「そうだよ。よく似た吊《つる》しの背広を見かけて、有り金をはたいたんだ。俺は漱石の愛読者だからな」

青池はあっさり認めた。似ているのは当たり前だったわけだ。

「『夢十夜』は俺の大好きな小説でね。夢を題材にした連作の短編集だ……漱石山房のお一人だった内田百間先生を前にして、俺が説明するのも差し出がましい話だが」

自分の名前が出ても、相変わらず先生は口を開かなかった。厳めしい顔つきで、新しい煙草に火を点《つ》けている。

「青池は、先生を知っていたのか」

「作家として存じ上げていたさ。漱石の門人で背広を譲り受けたことや、私立大学のドイツ語教授だということも、文芸雑誌に載った先生の随筆で読んでいる。お前の話を聞いて、すべてが頭の中で繋がったわけだ。お前の言う内田先生が、内田百間なのだろうと」

喋《しゃべ》り疲れたのか、青池は目を閉じた。眠りに落ちたと思いかけた時、再び口を開いて語り出した。

「内田先生がお書きになった『冥途』は素晴らしい。『夢十夜』と同じく、いやそれ以上に、夢の世界をそのまま切り取ったような短編集だ。なぜ世間でもっと評価されないのか、俺には理解できない。お前も是非読むべきだぞ」

夢の世界を切り取ったような、という形容は理解できる。さっき目にしたのは、体が牛で頭が人間の化物の話だった。夢と言っても悪夢のようだが。

「文学に疎いお前ですら、漱石の世界を夢で体験した。日頃から古今東西の文学を味わっている俺なら、もっと凄《すさ》まじい内容の夢を見られるに違いないと思った。だからお前の部屋から持ち帰った背広を着て眠った……」

青池は言葉を切った。日がかげったのか、北向きの部屋はいっそう薄暗くなっていた。

「それで、何か夢を見たかね」

部屋の隅にいた先生が、おもむろに口を開いた。甘木は思わず振り返った。膝に両手を置き、開ききった目を青池に向けている。煙草はもう吸っていなかった。

「いいえ、見ませんでした」

青池はため息をついた。

「昨日、目が覚めてから睡眠薬を買ってきて、それからずっと眠って過ごしました。けれども、うまく行かなかった……ちょうど目を覚ました時、玄関から甘木の声が聞こえたので、急いで押し入れの茶箱に隠れたんです」

「僕たちをやり過ごしてから、また薬を飲んだんだな」

「お前と先生はしばらく外を捜すだろうと思ったんだ。いずれ見つかるだろうが、その前に少しでも眠って夢を見たかった。こんなに早く戻ってくるとは予想外だったよ」

先生が青池の考えを見破ったせいだ。もし甘木一人だったら、今も荻窪のどこかをうろうろしているだろう。

「漱石先生の背広を着たからって、そんな都合のいい夢を見られるわけがない」

妙に抑揚のない声で先生は言った。

「そんな薬を飲みすぎるのは体に毒だ。自分の内にないものを頼みにして、文章を書いたりしてはいかん。とても危険なことだ」

「危険かどうかなんて知ったことじゃありません。一流の作家として胸が張れるなら、俺は死んだって構いません……」

ずるりと畳の擦れる音がして、黒い柱のような影が薄暗がりにせり上がった。甘木の全身が凍りつく。一拍置いてから、黒い服を着た先生が立ち上がったのだと気付いた。いつのまにか心臓が早鐘を打っている。

「死ぬ、死ぬと、軽々しく口にするな」

くぐもった低い声が降ってきた。

「私はそんな話を聞きたくない。あの世で作家として胸を張って、それが何になると言うのだ。少々文章が書けないぐらいで、こんな馬鹿げた真似をするのはやめなさい」

先生は風呂敷に包まれた背広を抱え、山高帽子を頭に載せた。力のない足取りで扉へ向かう。たった今とは別人のように萎《しお》れた背中だった。部屋を出る直前、ふと立ち止まる。

「私は『冥途』を出すまでに、十年かかったぞ」

先生の言葉は自分に言い聞かせているようだった。扉が閉まった後も、甘木たちはしばらく口を利けなかった。足音が遠ざかっていき、やがて耳を澄ませても聞こえなくなった。

「無理を重ねて、早死にする物書きは多いんだよ」

ぼそりと青池がつぶやく。

「漱石本人はもちろん、漱石の門人にも早死にする者はいる。芥川龍之介《あくたがわりゅうのすけ》がまさにそうだな。確か、内田先生とも親交があったはずだ」

芥川龍之介の話は初耳だった。先生は若くして亡くなった作家を多く目にしてきたのかもしれない。

「先生は俺のことを心配して、わざわざ忠告してくれたんだな……見ず知らずの、俺みたいな学生に」

青池の目はかすかに潤んでいる。甘木の印象は少し違っていた。悩める文学青年への気遣いはあったかもしれないが、あの言葉にはもっと別の感情——怯《おび》えめいたものも感じられた。先生は周囲で誰かが亡くなることを、極端に恐れているのではないだろうか。

「なあ、甘木」

青池は甘木を見上げた。

「お前に一つ、頼みがあるんだが」


翌日の夕方、甘木は合羽坂に近い先生の家を訪ねた。

大まかな住所しか知らなかったので、坂を下りてきた細身の若い男に道を尋ねた。甘木より少し年上で身なりのいい男は、涼やかな声で詳しい場所を教えてくれた。

そこは細い坂の途中にある小さな平屋だった。元は大きな屋敷の離れだったようだ。「内田」という表札と一緒に「佐藤《さとう》」という表札もかかっている。

玄関で声をかけると、女中か娘らしい若い女が、西日の射す座敷に通してくれた。絵画か何かのように、灰色の背広がぽつんと壁にかかっている。室内で飼っているらしい目白の鳴く声がした。

　ほどなく先生が現れる。縦縞の浴衣にどてらを羽織って、甘木の正面に置かれた座布団に座った。たぶん風呂から出たばかりなのだろう。湿った髪が剣山のように天井を向いていた。お邪魔しております、と甘木は挨拶を口にした。

「どうしたのかね」

　大きな目玉で甘木の顔を覗きこむ。歓迎しているわけではなさそうだが、迷惑そうな顔つきもしていなかった。

「先生にくれぐれもお詫《わ》びを伝えて欲しい、と青池から頼まれまして。本人も後日改めてこちらに伺いたいと……」

「それには及ばない、と伝えてくれ」

　先生は素っ気なく言った。

「私は背広さえ戻れば十分だ」

　思っていたとおりの答えだった。分かりました、と甘木は引き下がり、提げてきた一升瓶の包みを差し出した。青池からの詫びとして預かった品だ。背広さえ戻れば十分だと言っていたが、そちらは断らずに受け取った。ビールだけではなく日本酒にも目がないらしく、例によって頬がわずかに緩んでいた。

「背広に汚れや染みはありませんでしたか。そのことも、青池は気にしていました」

「いや、昨日帰ってから確かめたが、特に見当たらなかった……もうその背広は着て歩かない方がいいかもしれんな。今回は戻ってきたが、万が一また持っていかれたら、どうなるか分からたものじゃない」

先生は壁にかかった背広を仰いだ。まるで元の持ち主がそこに立っているようだった。ふと、甘木はここへ来る間に、頭の中で温めていた疑問を口にする気になった。

「先生はその背広を着た後、変わった夢を見ることはないんですか」

しばらくの間、返事はなかった。先生は身じろぎ一つしない。目白たちが声を揃えて、さっきよりもけたたましく鳴いた。一羽だけではなく、何羽も飼っているようだ。

「なぜ、そんなことを尋ねる」

乾いた声が先生の口から洩れた。

「青池は僕が見た夢の内容を聞いて、その背広を着れば小説の題材になるような夢を見られると考えた……でも、僕は先生に夢のことを話していません。どうして青池の考えていることが、先生にはお分かりになったんですか」

薬剤師から青池がベロナールを買った話を聞いただけで、先生は青池の目的を理解した。それは先生が漱石の背広を着れば、何らかの夢を見る可能性があると知っているからではないか。

アパートでも「漱石先生の背広を着たからって、そんな都合のいい夢を見られるわけがない」と青池に言っていた。小説の題材にすらならないような――もっと恐ろしい悪夢なら、見ることもあるという意味にも取れる。

「文学を志すような若者がどんな突飛なことを考えるか、よく知っているだけのことだ。私もそういう連中の一人だったから」

するりと答えを口にする。あまりにも淀みがなかったので、用意した台詞を読んだように聞こえた。

「気になっているのは、それだけかね」

先生の声にかすかな力がこもった。甘木は違和感を覚える。こちらが何を知っているか、何に気付いたのか、確かめたがっているように思えた。

実はもう一つ引っかかっている。一升瓶を提げてここまで来る間に気付いたことだった。

「つい先日、青池から借りるまで、僕は夏目漱石を読んだことがありませんでした」

「それがどうしたんだ」

「彼から借りた夏目漱石の本を、僕はまだどれも返していません」

沈黙が流れる。ややあって、先生の喉が軽く動いた。『夢十夜』が収録された漱石全集の一冊は、青池のアパートにあった。借りたのはそれ以外の巻ということだ。

甘木は『夢十夜』を読んだことがない。

貸したと言う青池こそ思い違いをしていた。彼の言うとおり、記憶は不確かなものだ。だとすると甘木は『夢十夜』を知らずに、あの夢を見たことになる。全く知らない物語が夢に出てくる——一体、どういうことなのだろう。

「青池から借りる前に、君はどこかで読んだ。それを忘れているだけのことだよ」

先生はきっぱり言った。いつもの厳めしい表情を崩さず、見開いた目も甘木から逸《そ》らさなかった。何事にも説明はつく。実際、先生の言うとおりかもしれない。

けれども、なぜか先生自身が、自分の言葉を信じていない気がする。

甘木は自分の考えを振り払った。これ以上は話しても無駄だろう。真相はどうやっても分からない。

「実は今日、私は昼食を取り損ねてね」

いきなり先生が話を切り替えた。

「ビールと一緒に早めの夕食を取りたいと思っている。この前君と会った神楽坂の洋食屋、あそこは変わっていたが、料理はなかなか美味かった。これから行くつもりだが、よかったら君も付き合わないかね」

どうやら先生は「千鳥」をカフェーとすら認識していないようだ。むろん断る理由はない。説明のつかない奇妙な出来事を、飲んで騒いで忘れようという誘いに思えた。甘木もそれには賛成だ。

ご一緒しますと答えると、先生も上機嫌で頷いた。

「今しがた多田《ただ》が来て、少し金を貸してくれたところなのだ」

どうやらまた借りた金でビールを飲むつもりらしい。多田という人物が誰なのかは説明がなかった。先生と付き合っていると、知らない人への義理が増えてしまいそうだ。

それでも、自分とはまるで違う、この一風変わった先生と一緒に過ごすのは楽しい。

「顔を洗って着替えてくるから、君は玄関で待っていなさい」

先生は袂から手拭いを出して、ひょいと肩にかける。

座布団から腰を浮かしかけて、甘木の全身が凍りついた。

視界の端でふわりと背広が動いた気がする。窓は固く閉まっているはずなのに。高熱を出した時、夢の合間に見た光景と同じだった。

しかし今は夜中でもなく、甘木も健康そのものだ。

何かの見間違いに決まっている。それなのに、背広に目を向けることができなかった。

再び背広が生き物のように揺れた。

思わず目を閉じて、心を落ち着けようとする。

(深くなる、夜になる、まっすぐになる)

不意に灰色の背広を着た男たちの声が、耳の奥ではっきりと蘇った。その中には自分の声も混ざっている。冷えきった黒い水が足下から湧いて、じわじわと首筋までせり上がってくる気がした。

蛇の動くような、かさり、という物音につい目を開けた。

壁にかけてあった背広が畳の上に落ちている。縁《へり》に沿ってぐねぐねと細長く伸びたそれは、脱いだばかりの皮のようだった。

「何をしているんだ。早く靴を履きなさい」

先生が奥の部屋から声をかけてくる。甘木は一つ背筋を震わせて、逃げるように部屋を後にした。

背広を拾う気にはなれなかった。もう二度と触れることもないだろう。

第二話

猫

「猫が鳴いている」

突然、先生が眉《まゆ》をひそめた。

確かに甲高い声が割合近くから聞こえている。いつまで経っても途切れなかった。

先生はビールのグラスを置いて、テーブルの周りを念入りに確かめた。神楽坂のカフェーに猫などいるはずはない。開いた窓の向こうから、暖かな春の夜風と一緒に鳴き声が流れこんできている。

先生はわざわざ立ち上がって外を窺《うかが》う。窓の桟を摑《つか》んだままいつまでも動かないので、甘木も椅子から離れて先生の肩越しに覗《のぞ》きこんだ。

電信柱の街灯に照らされた三毛猫が、顔だけをこちらへ向けている。妙に人くさい目つきで何かを訴えかけていた。餌でも欲しいのだろうか。

先生は音高く窓を閉めて、冴《さ》えない顔つきで籐《とう》の椅子に戻った。まだガラス越しに鳴き声が聞こえてくる。

「猫がお嫌いですか」

と、甘木が尋ねる。

「好きも嫌いもない。飼ったことがないのだから」

先生は早口で言い、マッチを擦って煙草に火を点《つ》ける。銘柄は紙巻きの「朝日」だ。夕食には遅い時間のせいか、カフェー「千鳥」でテーブルを囲んでいるのは、学生服姿の甘木とよれた背広を着た先生だけだった。

「ただ、あんな風に長々と声を出されると気になる。君もそうじゃないかね」

「いえ、別に」

猫が鳴くのは珍しいことではない。すると先生は口をへの字に曲げて、ただでさえ大きな目をさらに見開いた。

「声や音を出されれば気になるものだ。往来で喚いている者がいれば、君も振り返って見るだろう」

「相手が人間ならそうでしょうが……例えば風の音は気にならないでしょう。よほどの大風なら別ですが」

「小さな風の音も気になる。ならない方が不思議だ」

きっぱりと断言する。両手では煙草とマッチ箱と四角い灰皿をさかんに動かしている。大きさの順にきちんと並べたいのだ。些細《ささい》なことにもこだわりが強い先生の癖だった。

先生は名前を内田榮造といい、甘木の通っている私立大学のドイツ語部教授である。講義は無闇に厳しく、学生の大半から恐れられている。

若い頃は夏目漱石の門人で、今も短い小説や随筆を文芸雑誌に書いているが、人気があるという話は聞かない。同僚の先輩教授にちょいちょい寸借しているという。

甘木は半年ほど前にこのカフェーで同席し、背広を取り違えたのをきっかけに先生の家へ出入りするようになった。実家の両親から時々送られてくる進物を届けに行くのだが、そうすると先生の方も甘木に夕食を御馳走《ごちそう》してくれる。四月の新学期が始まったばかりの今日もそうだった。

甘木の両親は息子が教授に目を掛けられていると喜んでいるが、そんな優等生ではないことを本人が一番よく知っている。これといった取り柄もなく、影も薄いいたって平凡な大学生だ。甘木の方は自分とかけ離れた、先生の強い個性に惹《ひ》かれて訪ねているわけだが、先生の方が甘木に付き合っている理由はよく分からない。ただ自分が酒を飲む口実として、手近な学生にお供をさせているだけなのかもしれない。

とにかく、こうして先生と差し向かいで過ごしているのは楽しい。昔教えていた学生たちと繰り広げた馬鹿騒ぎだの、大学の航空研究会会長として飛行機に乗った話だの、子供時代を過ごした岡山の思い出だの、先生の放談は尽きることがない。甘木が文学に疎いせいか、文学論や作家仲間との交流は話題に上らなかった。

「おまちどおさま」

大きな平皿がテーブルにどすんと置かれる。目を上げると、短髪にパーマネントをかけた背の高い女給が立っていた。甘木や先生とも顔なじみの宮子だ。年齢はよく分からないが、甘木より年上なのは間違いない。

「ご注文のお肉のローストです」

きれいに焼き上げられ、薄く切られた山盛りの肉とマッシュポテトに、肉汁のソースがたっぷりかかっている。「千鳥」は学生向けの安いカフェーだが、料理だけはまともという評判だった。その代わり肝心のコーヒーはおそろしく不味《まず》い。「不純喫茶」とあだ名をつけられる始末だった。

「そういえば、これはなんの肉かね」

先生が尋ねる。言われてみると牛なのか豚なのか鳥なのか見当がつかない。メニューにも書かれていなかった。

「なんだったかしら。ええ……」

宮子は語尾を長く伸ばし、ふと厨房《ちゆうぼう》の方を振り返った。

「訊《き》いてきますね」

「いや、結構」

軽く首を振って取り分け用のフォークを取った。

「外で鳴いているあれのご同類でないなら、なんの肉だって構わない」

宮子は窓の方へ横目をやる。それから口元も隠さずに高笑いした。

「嫌だわ、先生。大声でそんなこと」

先生は小皿に移した肉を美味そうに食べ始める。甘木の手はなかなか伸びなかった。よく分からない肉に食欲は湧かない。先生の冗談を真に受けたつもりはなかったが、宮子が完全に否定しないのも引っかかる。訴えかけるような猫の声がますます耳に迫ってくるようだった。

「今日も来てるのねえ、あの猫」

宮子は窓を開けて「後で何かあげるから、裏口に回りなさいよ」と声をかけた。動物に通じるはずもない。そう思った途端、すぐに鳴き声は止んだ。腰を浮かせると、向きを変えて去っていくところだった。

「言葉が分かるんですか」

「どうかしらね。でも、ああ言うと大抵は裏口へ行くわよ」

見送ってから宮子はため息をついた。

「あの猫、うちの常連みたいなものね。まったく、春代《はるよ》ちゃんがしょっちゅう餌をあげるから」

春代という名前に甘木の耳が動いた。今年に入ってから「千鳥」で働き始めた若い女給で、他に客のいない時に甘木とよく世間話をする。小柄で肌が白く、花を散らした桜色の着物がよく似合う。うなじでまとめた洋髪によく白い造花を挿していた。

性格はいたって控えめで大人しい。はにかみながら「いらっしゃいませ」と細い声で挨拶《あいさつ》する姿はまるで女学生のようだが、実際去年女学校を卒業したばかりという。客に下品なサービスをしない「千鳥」でもまれな初々しさだった。

「今日、春代ちゃんはいないんですね」

昼から夕方にかけて働いているはずだ。そういえば三月の初め、帰郷する直前に話したきりだった。

「そうなの。先々週からお休みしてるのよ。ずっと具合が悪いみたいで」

「そうですか……」

甘木は儚《はかな》げな春代の横顔を思い浮かべた。病弱だとしても違和は感じない。

「甘木さん、春代ちゃんにはご熱心よねえ」

からかわれてどきりとする。動揺を押し隠そうとして、つい早口になった。

「体の具合を心配しているだけですよ。以前僕も伏せっていたことがありますから、他人事《ひとごと》じゃないんです」

熱心とまでは行かないが、気になる娘ではある。影が薄いと評判の甘木の顔を、春代はわずかな間に憶《おぼ》えてくれた。甘木を見かけると嬉《うれ》しそうに話しかけてくる。

「あら、いいのよ。私に気を遣わなくても」

突然、宮子は大袈裟《おおげさ》に首と手を振った。

「春代ちゃんは可愛らしいいし、面白い子だもの。学生さんに好かれるのは当然だわ。私はほら、もっと大人のお客様に人気があるでしょう？　学生さんの人気はあてにしていないの。私、心から応援するから。どうか安心してね」

甘木はグラスを傾けて答えを避ける。気を遣ったつもりは全くなかった。宮子は美人と言えば美人だが、大人の客に人気があるなどと聞いたことはない。

むしろ注文の間違いや給仕のがさつさを中高年に注意されている姿をよく見る――ひょっとすると、あれを一種の人気と受け止めているのだろうか。どうりで小言を言われている最中でもにこにこ笑っているわけだ。人気はともかくとして、憎めない性格なのは確かだった。客を本気で怒らせるようなことはしない。

「それで、春代ちゃんはどんな病気なんですか」

甘木は話題を戻した。先々週から休んでいるとすると、よくある風邪の類いには思えない。

「私もよく分からないの。明日《あした》、お見舞いに行こうと思っているけれど……」

突然、宮子はぱちんと両手を叩《たた》いた。

「甘木さんも一緒にお見舞いに行きます？　確かあなたのご近所よ。春代ちゃん、白山《はくさん》神社のすぐそばに住んでいるの」

「本当に近所ですね」

甘木は驚いた。小石川の白山神社なら、下宿先から数分の距離だ。

「僕も行きます」

そう答えた途端に扉が開いて、和服を着た初老の客が入ってきた。詳しいことは後でと言い残して、宮子は客に駆け寄っていった。勢いのあまりぶつかりそうになり、さっそく文句を言われている。

それを尻目《しりめ》に甘木は空想に浸っていた。行きすぎた期待はしていないが、普段の礼儀正しさからいって、きっと春代は甘木に見舞いの礼をするはずだ。それをきっかけに近所同士で行き来が始まらないとも限らない。生まれてこの方、異性に縁遠い日々を送ってきたが、それも今日までかもしれなかった。

「甘木君」

名前を呼ばれて我に返った。黙々と謎の肉を食べていた先生が、いつのまにか食器を置いて甘木を凝視している。白目がはっきり見えるほど見開かれた両目に、自然と背筋が伸びた。

「あの、なにか……」

「おかしな娘には気をつけなさい」

硬い声でそれだけ告げて、先生は再び食事に戻った。山盛りだった肉は半分以上なくなっている。

甘木は戸惑った。おかしな娘というのはどういう意味だろう。学生の分際でカフェーの女給と親しくするなと釘《くぎ》を刺したのだろうか。そもそも誰のことを言っているのか分からない。春代は別におかしな娘ではないし、宮子は――まあ、多少おかしいが、わざわざ注意するほどではない。

「さっき伏せっていたと言ったが、君は大病をしたことがあるのか」

先生が急に話題を変える。そういえば、この先生にはまだ話したことがなかったかもしれない。

「大病というほどではありませんが……中学生の頃に結核性のリンパ腺《せん》炎にかかって、半年ほど自宅療養をしていましたよ」

周囲は心配していたようだが、症状はそれほど重くなかった。実家の離れでひたすら退屈な日々を過ごしただけだ。ただ、それで大学への進学は一年遅れている。

「完治したのかね」

「今はもう、すっかり治っています」

寒い時期に少し風邪を引きやすくなった気はするが、後遺症というほどのことではない。先生はほっとしたようにグラスを傾けた。

「体には気をつけなさい」

「あ、はい。ありがとうございます」

甘木もグラスの中身を飲み干すと、先生が宮子を呼んで二人分のお代わりを注文した。誰がどう「おかしな娘」なのか、最後まで聞きそびれてしまった。


次の日、甘木は昼食の後で小石川の家を出た。下宿先の叔父の家は戸崎町《とさきまち》にある。神社仏閣の多い静かな住宅地を通って、白山神社に近い交差点へ向かう。うららかな春の午後、すれ違う自転車の御用聞きも普段よりゆっくり走っているように見えた。

白山通りの雑貨屋で蜜柑《みかん》の缶詰を買い、まっすぐ進むと白山下の停留所が見えてきた。市電で来る宮子とそこで待ち合わせていたが、彼女はまだ着いていない。予定の時刻よりかなり早かった。

道端に寄った甘木は、学生服のポケットからコウモリの描かれた煙草の箱を出した。貧乏学生愛用の「ゴールデンバット」。一服して待つつもりだった。缶詰の詰まった紙袋を持ったまま、一本取り出そうと悪戦苦闘していると、

「甘木さん!」

強く肩を叩かれてぎょっとした。赤い格子縞《こうしじま》のワンピースにパナマ帽をかぶった宮子が大きな花束を抱えている。

「ずいぶん早く来たのね」

「宮子さんこそ」

「先にお見舞いの花を買っていたから。これ、なでしこよ。きれいでしょう？　さあ、行きましょう」

宮子は先に立って歩き出す。派手な洋服を着て、花束を抱えた長身の彼女は人目を引く。そういえば「千鳥」の外で会うのはこれが初めてだ。

春代の家は白山神社に近い通り沿いにあった。北向きの陰気な二階家で、もともとは何かの商店だったらしい。狭い間口いっぱいに曇りガラスの嵌《は》まった引き戸が取り付けられている。相当に古い建物のようだ。若い娘が一人で住む家とは思えない。

「春代ちゃん、家族と住んでいるんですか」

「いいえ。今は一人のはずよ。お母さんと弟さんが大震災の火事で行方知れずになって……お父さんはここで小間物屋を開いていたんだけれど、一昨年《おととし》に病気で亡くなったんですって」

初めて聞く話だった。大震災というのは関東大地震とそれに伴う大災害のことだ。地震よりその後の火災ではるかに多くの犠牲者が出ている。起こってからもうすぐ九年が経つ。

春代もあの時に家族を失った一人だったのだ。屈託のなさそうな、幼さの残る彼女からは想像がつかない。

宮子は真ん中の引き戸を開けて「ごめんください」と声を張り上げた。それからためらいなく建物の中に入っていった。甘木もそれに続く。

そこはがらんとした薄暗い土間だった。重く湿った空気はどことなく生臭い。鼠の死骸《しがい》でも転がっているのかもしれない。

ここに以前は品物が並べられていたはずだ。今は何も残って——。

甘木の全身が総毛立った。

たらいほどの大きさの、もやもやとした白い塊が土間の中央に転がっている。毛皮のようだったが、何の動物のものか見当もつかない。どこに手足や顔があるのかも分からなかった。

ちりんという鈴の音とともに、白い塊はほどけるように分かれた。

それは三匹の白い猫だった。大きさも色も見分けがつかないほどよく似ている。甘木の体からどっと力が抜けた。薄暗い土間で体を寄せ合って眠っていただけだ。

「こんにちは。また会ったわねえ」

しゃがみこんだ宮子は、近づいてきた一匹の首筋を撫《な》でた。別の一匹も相手をしろと言わんばかりに甘木のズボンに体をこすりつけてくる。身動きするたびに首にかかっている鈴が鳴った。

妙に人懐っこい猫たちだ——いや、一匹だけ動かずに甘木たちを見上げている。今にも逃げ出しそうに爪先をよそに向けつつ、顔だけこちらを振り返っている姿は、昨日「千鳥」で見た三毛猫に少し似ている。体の色は違うが、大きさも同じぐらいだ。春代があの猫に餌をやっているのは、自分の飼い猫を思い出すせいかもしれない。

「どちらさまですか」

抑揚のない乾いた声が奥から響いてきた。土間の向こうにある小上がりの座敷に、背の高い痩《や》せぎすの女が立っている。暗がりで顔ははっきりしないが、春代の母親でもおかしくない年頃のようだ。妙に大きな丸髷《まるまげ》と藍色《あいいろ》の着物のせいか、人というより大きな杭《くい》のように見えた。

「はじめまして。私、春代ちゃんと同じお店で働いている宮子です。こちらはお客さんの甘木さん」

宮子が屈託なく話しかける。二人とも頭を下げたが、相手は微動だにしなかった。

「私たち、お見舞いに来たんです。あのう、春代ちゃんのご親戚《しんせき》の方でしょうか」

不意に女の頭がぐらりと前に傾いだ。倒れたわけではなく、ただ土間に降りて下駄を履いただけだった。同じ土間で向かい合うと、どこにでもいそうな中年の女だ。ただ、目つきには強い険がある。

「私はあの子の叔母です」

と、女は言った。

「具合が悪いと聞いたものだから、様子を見に来たんですよ」

「そうでしたか。じゃあ、春代ちゃんも安心したでしょう」

「さあ、どうだか。いつも通りでしたよ」

「近くにお住まいですの」

「神田明神《かんだみょうじん》の近くで下宿屋をやっています」

相手の表情が少しずつほぐれてくる。如才なく話を聞き出す宮子に甘木は感心していた。彼の方はと言えば、ただ缶詰の袋を抱えて突っ立っているだけだ。

「うちに引っ越してきなさいとあの子には何度も言っているんですけれどね。頑として聞きゃしない。具合が悪くなるのも当たり前ですよ。こんなじめじめした暗いうちに一人で住んでいたら」

それから、女は苦々しげに土間を見回した。

「ああいう娘ですからね。せっかく女学校を出たのにお嫁にも行かないで、好き放題に振る舞って。挙げ句、カフェーの女給だなんてみっともない仕事を始めて」

「待って下さい」

甘木は思わず口を挟んだ。春代だけではなく、目の前にいる宮子を貶《おとし》める言葉だ。失礼じゃありませんか、と続けようとした時、宮子がいつもの笑顔でのんびり言った。

「可愛い猫たちですねえ。昔からここにいるんですか」

出端をくじかれて、甘木は黙りこんだ。猫の一匹が春代の叔母の足下で甘え声を出している。甘木の足下にいた一匹だった。彼女もばつが悪そうに俯《うつむ》いた。

「……近所で生まれたのを、春代が全部貰《もら》ってきたそうですよ。一人ぼっちになってから」

姪《めい》へのいたわりが声ににじむ。腰をかがめて不器用に猫を抱き上げようとした。猫はその手からするりと逃れて彼女の下駄に鼻を近づける。

「前はもう一匹いたんですけれど、先月そこの坂道で自動車に轢《ひ》かれちまって。私も手伝って、ここの裏庭に埋めてやりました」

まるで相槌《あいづち》を打つように、足下の猫が高く鳴いた。

この家には四匹目が眠っているのだ。春代がここを離れがたい理由の一つかもしれなかった。

春代の叔母は買い物に出て行き、甘木たちは階段をのぼっていった。春代は二階で横になっているという。

「さっきはありがとう」

宮子が後ろから声をかけてくる。

「なんの話ですか」

甘木はとぼける。春代の叔母に言い返そうとした礼だと見当はついたが、あの場を収めたのは宮子自身だ。甘木はなにもしていない。

二階の短い廊下の奥に襖《ふすま》がある。宮子はその前で足を止めた。

「春代ちゃん、起きてる？　宮子よ。お見舞いに来たの」

どうぞ、とくぐもった声が返ってくる。宮子は勢いよく襖を開けた。そこは片付けの行き届いた西向きの部屋だった。壁際の大きな簞笥《たんす》や鏡台は親の遺したものだろう。あまり若い娘の部屋らしくないが、大きな文机《ふづくえ》に積まれた映画女優のブロマイドや演劇雑誌だけは別だった。観劇や映画鑑賞を趣味にしているらしい。

午後の陽光は隣家に遮られて、ちょうど部屋の半分が陰になっている。薄暗い奥の方に一組の布団が敷かれていた。

春代は体をこちらに向けて、首まで布団に埋まっていた。まとめていない長い髪が青白い頬に幾筋もかかっている。一瞬、甘木は相手が誰なのか分からなかった。生気のない表情のせいか、十代とは思えないほど老けて見える。

「こんにちは。具合はどう?」

宮子は明るく言って枕元に膝《ひざ》をつく。何か春代が答えると、宮子は大きく頷《うなず》いた。

「そう、楽になってよかったわ。これ、お見舞いよ。いい香りでしょう?」

白い花束を差し出されても、春代は顔色一つ変えなかった。しばらく間を置いてから、ようやく「ありがとう」とだけつぶやいた。声の低さに甘木はぞっとした。普段の彼女とはあまりにも違う。よほど体調が悪いのではないか。

春代の淀《よど》んだ両目がのろのろと動いて、立ったままの甘木を見据えた。

「甘木さん、春代ちゃんが心配で心配でたまらないって、こうして見舞いにいらしたのよ」

宮子が大袈裟に説明する。春代はこれといった反応も示さなかった。

「こんにちは」

学帽を取って宮子の隣に正座する。入れ違いのように彼女が立ち上がった。

「私はこのお花を活けてくるわね」

甘木に目配せをして出て行ってしまった。春代と二人きりにしてくれたようだが、喜びよりも戸惑いが先に立った。この状況で何を話せというのか。

とりあえず、抱えたままの紙袋から蜜柑の缶詰を一つ出した。

「大したものじゃないけれど、よかったら食べて」

長い沈黙が流れてから、彼女は口元だけを動かした。

「後で、食べます」

缶詰を袋に戻す甘木の動きを目で追っている。人形か何かと話している気分だった。

「具合、本当に大丈夫？」

「はい」

急にざらざらした大声が返ってきた。

「もう、とっても」

表情は相変わらずまったく動かない。異様な気配に圧《お》されて、甘木の体がひとりでに後ずさった。宮子は気付かない様子だったが、どう見ても春代の様子はおかしい——。

（おかしな娘には気をつけなさい）

先生の言葉が脳裏をよぎった。このことを言っていたのかもしれない。しかし一体、何が起こっているのか。

ひゃっ、と猫の鳴き声がすぐ間近で短く響いた。しかし、背後を振り返っても白い猫の姿はない。

心臓が早鐘を突いている。まるで人の悲鳴のようだった。

耳を澄ませると、かすかに畳をこする音が聞こえる。白地の寝巻きを着た春代の上半身が、布団からぞろりと這《は》い出てくる。

「どうしたんだい、春代ちゃん」

呼びかけても返事はない。肘《ひじ》を突いた彼女が腹ばいでにじり寄ってきた。甘木の背中に冷たいものが伝う。乱れた髪に隠れて顔はよく見えない。なぜかその下に甘木の全く知らない顔がある気がする。

娘の右手が膝頭をかちりと摑んでくる。異常な力の強さと指の冷たさに全身が凍りついた。もう指一本、動かすことはできなかった。

彼女の肩から上が甘木の膝によじ上ってくる。うつぶせの娘を膝枕している格好になった。乱れた長い黒髪で両足が隠れる。細かな毛先がズボンの裾《すそ》に潜りこんでくるようだった。

突然、ぐるりと娘の頭が半回転して上を向き、甘木はすぐ間近で見開かれた両目と向かい合った。午後の日ざしを浴びた淡い色の瞳《ひとみ》には、縦糸のような細い黒線が走っている。あらわな喉元《のどもと》からごろごろと音が聞こえた。

猫だ、と甘木は思った。

これは猫だ。人ではない。

突然、呪縛が解けたように甘木は立ち上がる。膝から振り落とした相手がどうなったのか、確かめる余裕もなかった。部屋を飛び出した甘木は転げ落ちるように階段を駆け下りる。

「待て」

一階に着いた時、頭上から声をかけられた。老人のようなしわがれた声だ。思わず振り向くと、階段の一番上に白い猫がぽつんと座っていた。口元が不自由そうにもぞもぞと蠢《うごめ》いている。甘木たちに懐かなかった一匹だとなぜかはっきり分かった。

「助け」

と、猫が言った。聞き取りにくいが、明らかに人間の言葉だった。

「助け、てくれ」

甘木は一目散に春代の家を飛び出していった。自分が悲鳴を上げたのか、それすらもはっきり思い出せなかった。


次の日、甘木は昼前に「千鳥」の扉を開けた。開店時間になったばかりで、南洋風の店内に客はいない。それどころか女給の姿すら見えなかった。

ここへ来たのは、女給の宮子に詫《わ》びるためだ。昨日、甘木は断りもなく戸崎町の下宿へ逃げ帰ってしまった。取り残された宮子がどうなったのかも心配だった。すぐに春代の叔母が戻ってきたとしても、しばらくはあの状態の春代と二人きりだったはずだ。

いや、その他に猫もいる。人語を喋《しゃべ》る猫が。

甘木はぶるっと肩を震わせる。

あの陰気な家で体験したことが何だったのか、まだ答えが出せずにいた。春代の様子がおかしかったのは、極度の神経衰弱で説明がつくかもしれない。しかし、階段で猫が口を利いたことは違う。断じて幻聴ではない。この耳ではっきり聞いた。

「甘木じゃないか。久しぶりだな」

聞き覚えのある声が響き渡った。浅黒い丸顔にロイド眼鏡をかけた、学生服の青年が観葉植物のかげから現れる。同郷の友人の青池だった。御茶《おちゃ》の水《みず》にある私立大学に通う彼は「千鳥」にもよく顔を出している。

「いつ東京に戻ってきたんだ」

小説家志望の青池は先月久しぶりに小田原の実家へ帰った。そして何としても文学の道を諦《あきら》めさせようとする父や兄に引き止められ、連日の説得を受けながら家業の仕出し屋を手伝わされていたのだ。逃げ出す機会を窺っている、と先日届いた葉書に書いてあった。

「昨日の夜だよ。久しぶりにここへ顔を出したんだが……」

彼は自分の手元を見下ろした。チキンライスの皿が載った盆を抱えている。

「この店で働き始めたのかい」

「違うさ。これは俺の昼飯だ」

青池は不満げに答えると、テーブルの一つに料理を置いて自分も腰を下ろした。

「お前もなにか食べたかったら厨房に直接注文してこいよ。今、この店に女給はいないんだから」

「宮子さん、休みなのか?」

向かいの籐椅子に甘木も腰を下ろした。

「知らん。どうせ遅刻だろう。女給がいないのにカフェーを営業するんだから、厨房のコックも大した度胸だよ。坊主のいない寺が葬式を引き受けるようなもんだ」

ぶつぶつ文句を言いながら、猛然とチキンライスを食べ始めた。宮子が遅刻するのは珍しいことではないが、昨日の今日だけに気にかかる。万が一、春代の家で何かあったのだとしたら。

「おい、甘木」

青池が食べるのをやめてこちらを見ている。

「顔色が悪いぞ。なにかあったのか」

「いや……なんと言ったらいいのか……」

本当に何かあったと言えるのだろうか。甘木が口ごもっていると、ロイド眼鏡の奥で青池が目を輝かせた。ちなみに彼は近眼ではない。文士らしく見えるようにと伊達《だて》で最近かけ始めたものだ。

「また悪夢でも見たのか？　夏目漱石の背広を着た時みたいに。是非俺に話してくれ」

好奇心を丸出しにして迫ってくる。甘木は呆《あき》れていた。半年前、内田榮造先生が持つ漱石の背広にうっかり袖《そで》を通した甘木は、ひどい悪夢に悩まされて何日も寝こむ羽目になった。それを知った青池は、自分も悪夢から創作の霊感を得ようと無断でその背広を持ち帰ってしまったのだ。

その騒ぎを収めたのは先生だったが、その後もたまにこういう質問をぶつけてくる。

「君は他人から聞いた話を、小説の題材にするつもりか。自分が体験してもいないのに」

背広の騒動があった時、内田先生からは「自分の内にないものを頼みにして、文章を書いたりしてはいかん」と厳しく注意されていたはずだが。

「他人の体験談を小説の種にするぐらい、誰でもやっていることだぜ。内田先生だってそれを否定なさったわけじゃないさ」

青池には悪びれた様子もない。とはいえ、甘木も誰かに話を聞いてもらいたかった。甘木とも春代とも面識のある青池は、残念ながら相談相手として適役だ。小説家志望だけあって相応にインテリで、非科学的なことを安易に信じない合理主義者でもある。筋道の立った説明をしてくれるかもしれない。

甘木は昨日起こったことを順に説明していった。漱石の背広のせいで悪夢を見たと話した時は笑っていたが、今回は逆に渋い顔になった。春代の家から飛び出したところまで語り終えると、青池は突然立ち上がって厨房へ行き、すぐに戻ってきた。栓の抜かれたビールの瓶とグラスを二つ持っている。

「まあ、飲め。長々話して喉が渇いただろう」

と、ビールを注いでくれた。人を食ったような青池が、こういう気遣いを見せるのは珍しい。彼は改まった口調で言った。

「甘木、お前はこう考えているわけだな。春代ちゃんは死んだ猫の亡霊に取り憑《つ》かれているのかもしれないと」

「そこまでは考えていないよ。とにかく分からないんだ」

たやすく言葉にできるとは思えない。もっと不気味で得体の知れない体験だった。

「前にも言ったと思うが、お前は意外に感受性が強いんだよ。それは長所でもある。人の話をよく聞くし、人を信じやすい……つまり騙《だま》されやすい」

甘木はビールを一口飲む。まったく長所に聞こえなかった。

「なにを言いたいんだ」

「まだ分からないのか。全部春代ちゃんの仕業なんだ。お前相手に化け猫じみた真似をした後、階段の上に猫を座らせて声色を使ったのさ。それで筋が通るじゃないか」

「そんな馬鹿な」

甘木はつい気色ばんだ。

「一体、なんのためにそんなことを」

「いたずらに決まっているだろう。春代ちゃんならやりそうなことだ。まったく、人騒がせな娘だよ」

「冗談じゃない。あんな真面目で大人しい子が……」

「大人しいって、あの小うるさい春代ちゃんが？　誰の話をしているんだ」

「それはこっちの台詞《せりふ》だ」

ふと、二人の間に沈黙が流れた。どうも話が嚙《か》み合わない。

「君の言っている春代ちゃんは、本当にここの女給のことだろうな。女学校を卒業したばかりの……」

甘木が切り出すと、青池が続きを引き取った。

「そう、小柄で色の白い子だ。造花の髪飾りをよく付けている」

間違いなく同一人物だ。甘木は気味が悪くなってきた。

「俺が一人でいる時、よく話しかけてくるよ。新作の調子はどうですかとか、どんな文学が好きなんですかとか、とにかく厚かましいんだ。この前は私をモデルに小説を書きませんか、とまで言われたよ」

厚かましいと言うわりに青池はにやついている。まんざらでもない様子だ。馴《な》れ馴《な》れしい春代など想像もつかないが、青池が冗談を言っている様子はない。まるで別人の話をしているようだ。これも昨日の異様な体験と関係があるのだろうか。

不意に「千鳥」の扉が開いて、山高帽子をかぶった内田先生が入ってきた。誰も案内に来ないので、怪訝《けげん》そうに店内を見回している。

「内田百間先生、ご無沙汰《ぶさた》しております」

ぱっと立ち上がった青池が駆け寄っていった。先生の山高帽子を受け取って、当たり前のように甘木のいるテーブルへ案内した。青池は文人としての先生を尊敬している。内田百間というのが先生の筆名だ。

背広の騒動があった時、先生はあまり青池と関わるつもりはなさそうだったが、この店で顔を合わせると自然にテーブルを囲んでいる。素っ気ない態度に見えて、慕ってくる相手を拒むこともないようだ。

「女給がまだ来ていないんです。ご注文は僕が承って厨房に伝えますよ」

青池がボーイの役まで買って出る。先生はしばらく考えてからアイスクリームとポーク・チョップを選んだ。いつも通りの仏頂面で、この状況をどう感じているのか分からない。青池は勢いよく厨房へ走っていった。

「先生がお昼をここで召し上がるのは珍しいですね」

と、甘木は言った。普段はだいたい大学の教授室で出前を取って済ませているはずだ。

「講義は午前の早い時間だけだったから、外で食べて帰ることにした。君こそ学校はどうしたのだ」

「今日は午後からです」

先生の視線が甘木の前に置かれたビール瓶とグラスに注がれている。首筋にどっと冷や汗が噴き出した。講義前だというのになりゆきで口を付けてしまった。

「先生、お尋ねしたいことがあるんですが」

さりげなく瓶とグラスを自分から遠ざけつつ、甘木は話を切り出した。そこへ青池がテーブルへ戻ってきて、元の籐椅子に腰かけた。

「なんだね」

先生はまだ大きな目玉をビール瓶に向けている。青池がグラスをうやうやしく差し出すと、迷惑そうに押し止めた。先生は昼間からビールを飲みたがらない。決して嫌いなわけではなく、むしろ好物だからこそ夕食と一緒に落ち着いて楽しむことにしている。

厨房からコックが声をかけてきて、青池が再び走っていく。すぐに戻ってきた彼は、テーブルにアイスクリームの器を置いた。先生がわずかに相好を崩す。これも先生の好物だが、なぜか食前に食べることが多い。

「あの言葉はどういう意味だったんですか。『おかしな娘には気をつけなさい』とおっしゃいましたよね」

先生の機嫌が上向いたことに乗じて、甘木は話を続けた。

「そのままの意味だ。あのおかしな女給の家へ見舞いに行くと言っていたじゃないか……春代、といったか」

不快な記憶でも蘇《よみがえ》ったのか、口がへの字になった。アイスクリームを食べ始めると、再び表情が柔らかくなる。

「どうおかしいんですか」

甘木は思わず身を乗り出した。思った通り、先生は春代について何か知っている。

「あんな偏屈な女給が他にいるかね」

先生は苦虫を嚙みつぶしたような顔をして、アイスクリームでまたいくらか笑みを取り戻した。

「注文を取りに来てもつっけんどんで愛想がない。先々週一人でここへ来た時は、テーブルの横で棒のように突っ立って、こちらをじっと睨《にら》みつけるようにして……どうしたのかね」

甘木は青池と目を合わせる。先生が語る春代は二人が接している彼女とまったく違う。まるで何人もの春代がここで働いているようだ。

「あの、先生」

口を開いたのは青池だった。

「僕たちの話を聞いていただけますか」


甘木たちが春代について語る間、先生は不機嫌と上機嫌を繰り返しながら、黙々とアイスクリームを食べ続けていた。一通り話を聞き終えると、空になった器にスプーンをきちんと置く。そして、ようやく口を開いた。

「君たちは二人一緒にその娘と話したことはあるのか」

少し考えてから、甘木たちは同時に首を横に振る。そういえば誰かと連れ立って「千鳥」へ来ると、春代は必要以上のことを話さなかった。

「おかしいなと思ったこともありましたが、きっと今は忙しいんだろうな、と」

青池は答える。甘木の方は何も不審に感じていなかった。内気な性格の人間が決まった相手とだけ話すのは珍しくない。

「やはりそうか。きっと一人客だけを狙っていたのだ。まったく、馬鹿にしている」

そう吐き捨てる先生に、甘木が質問した。

「どういうことですか」

「春代という女給は甘木君の前では大人しく、青池君の前では厚かましく、そして私の前では偏屈だった……なにか気付かないかね」

あ、と甘木は声を上げた。言われてみると自分たち三人にそれぞれ性格が似ている。

「分かっただろう。あの娘は私たちを真似ているのだ」

頭が混乱してきた。これまで春代が甘木たちを摸していたのなら、本当の彼女は一体どういう人間なのだろう。

「あいつ、僕たち三人にいたずらを仕掛けていたわけですか」

青池が呆れ顔で尋ねる。

「おそらく私たちだけではない。他の一人客にも同じことをやっている。あの女給には何十通りもの性格があるわけだ」

「一体、どうしてそんな手のこんだことを……」

「ご注文のポーク・チョップです」

よく通る声に話が遮られる。椿の模様が散った青い着物にエプロンを着けた宮子が、テーブルに湯気の立つ皿を置いた。いつもと変わりない彼女だった。

「今日は皆さん早くいらしたのねえ」

「宮子さんはずいぶんゆっくりでしたね。おかげで俺がここの給仕をやらされましたよ」

青池の皮肉に宮子は軽く頭を下げた。

「ごめんなさい。でも、わたしも色々あったのよ」

そう言いながら意味ありげに甘木に目をやる。どう色々あったのか尋ねようとした時、先生が先に口を開いた。

「春代という女給のことで聞きたいことがある」

「なんでしょう」

宮子が軽く首を傾げる。先生は料理に触れようともせずに表情を改めた。

「あの娘は芝居の女優かなにかじゃないのか」

意外な話に甘木は驚いたが、宮子はあっさり頷いた。

「ええ。そうですけど、春代ちゃんが話したんですか」

「見当をつけただけだ。口止めでもされていたのかね」

「いいえ。いちいち言わないだけです。事情があって働いている娘もいますから」

宮子は分別くさい顔をした。言われてみると宮子から他の女給の噂話を聞いたことがない。

普段はあっけらかんとしているが、大人の女性らしい面もあるのだ。

「現代劇の劇団に入っているんです。まだ役を貰ったことはなくて、勉強のためにここで働き始めたって聞いてます。お客さんたちの話やしぐさを演技の参考にするんですって」

参考ついでに演技の実践もしていたわけだ。甘木は春代の部屋で見た演劇雑誌やブロマイドを思い出していた。ただ観劇するだけではなく、自分も出演することを目指しているのだ。

ということは、昨日の異様な言動も演技の一環だったのだろうか。

「それはそうと甘木さん」

急に話の矛先が彼の方に向いた。

「どうして昨日は春代ちゃんのうちから帰ってしまったの。二階に戻ったら姿が見えないんだもの。びっくりしたわ」

「すみませんでした。ちょっと……」

「甘木は春代ちゃんが猫に取り憑かれたと思ったんですよ」

勝手に青池がかいつまんで説明する。不思議そうに耳を傾けていた宮子は、笑いながら甘木の肩を強く叩いた。

「甘木さんたら、怖がりねえ。確かに様子はおかしかったけれど、そんなことあるわけないじゃないの」

青池と同じような反応だ。ふと、甘木はまくれ上がった宮子の袖に目を留めた。肉付きのいい二の腕に包帯が厚く巻かれていた。

「その怪我、どうしたんですか」

「ああ、これ。昨日甘木さんが帰った後だけど、春代ちゃん……錯乱、っていうのかしら。いきなり窓の外へ飛び出そうとしたの。慌てて止めたらちょっと引っかかれて」

世間話のように軽く告げた。ちょっととは言うものの、念入りな手当てが傷の大きさを物語っている。

「慌ててお医者様を呼んで、注射を打ってもらって落ち着いたけれど、万が一のことが心配でしょう。昨日から今朝まで春代ちゃんの叔母さんと交代で付き添ってたの。遅刻もそのせいよ」

宮子があくびをした時、籐椅子の一つが耳障りな音を上げた。椅子を蹴《け》るように立った先生が、もどかしげに上着に袖を通している。張りつめたようなその横顔は、なぜか昨日の春代を思わせた。

「先生……？」

甘木はおそるおそる声をかける。

「今すぐその娘の家へ行く。甘木君、案内しなさい」

先生は帽子掛けから山高帽子を取る。慌ただしく支払いを済ませると、店の外へ駆け出していった。


神楽坂を濠端《ほりばた》へ向かって下る途中で、先生はタクシーをつかまえた。

後を追っていった甘木に続いて、青池も当たり前のように乗りこんでくる。小説の題材になりそうな事件は見逃さない覚悟なのだろう。白山神社の近くだと告げると、中年の運転手は黙って自動車を走らせ始めた。

「先生はなにをそんなにお急ぎなんですか」

青池が屈託なく尋ねる。先生は前のめりに運転席の背もたれを摑んでいる。

「危険だからに決まっているだろう。手当たり次第に他人の真似などしていれば、ただでさえ元の自分を見失いやすくなる。自分という器を少しずつ空にしていくようなものだ。現に怪我人も出ているじゃないか」

「しかし、女優だったら他人を演じるのは当たり前の話でしょう」

「そういうことではない」

先生は苛立《いらだ》たしげに答える。

「空っぽになった状態で関わるべきではないものに関われば、どんなことになるか分からないということだ。普段の自分とはまるで違うものに支配されてしまう……あるいはもっと恐ろしいことも起こりうる」

先生の顔からは血の気が失せていた。正直、甘木たちには何を言っているのかうまく呑みこめなかった。過去にそんな「恐ろしいこと」が起こったのだろうか。青池が思案顔であごを撫でながら口を開いた。

「つまり、春代ちゃんは猫の亡霊に取り憑かれたとおっしゃるんですか」

「下らんことを言うな！」

突然、先生が怒声を張り上げた。運転手まで肩を震わせるほどの激しい調子だった。

「そんなものは演技と同じだ。狐憑きのようなものだ。本当に狐が乗りうつったわけではないが、自分からは正気に返れないだけだ。青池君、目の前で起こっている出来事を、卑近な言葉で片付けようとするな。文学を志す者が理性だけでものを見てどうする」

タクシーの中に気まずい沈黙が満ちた。尊敬する先生に叱りとばされて、青池は気の毒なほど萎《しお》れている。文学を志していない甘木にはますます分からなかったが、先生が動揺していることだけは見て取れた。何かを極度に怖れているらしいことも。

春代の家の近くで三人はタクシーを降りた。ぼんやりとした曇り空の下で、古い二階家はますます陰気に見える。

「この家です」

甘木が立ち止まると、先生はいきなり引き戸を開け放った。例の生臭さは昨日よりも強くなった気がする。甘木は思わず顔をしかめた。

「あっ」

声を上げたのは青池だった。藍染めの着物に身を包んだ女が土間に倒れていた。一目で春代の叔母だと分かった。乱れた丸髷の両側で、二匹の猫が困ったようにうろうろしている。駆け寄った青池が抱き起こすと、額から鼻にかけて赤黒い血の筋が通っていた。甘木の全身から血の気が引いていった。

「大丈夫だ。息はある」

青池が叫んだ。先生の懸念通り、ここで何か起こったのだ。土間には春代の姿はなかったが、二階からみしりと畳を踏む音が聞こえる。

「私たちは上へ行く。青池君はその人を介抱していなさい」

先生は靴を脱いで階段を駆け上がっていく。甘木も慌ててそれに続く。いや、むしろ若い自分の方が先に立つべきだ。二階の廊下で先生を追い抜いて襖の前に立った。

「春代ちゃん、いるかい」

返事はなかった。

ただ一声、ひゃっと猫が短く鳴いた。

甘木は襖を開ける。部屋に敷かれた布団は空だった。開かれた窓に寝巻き姿の背中が見える。春代が狭い桟にしゃがみこんで、ゆらゆらと体を揺らしていた。

窓の下へ落ちれば無事では済まない。

距離を詰めようとした甘木はぎょっとした。ちょうど同じ高さにある隣家の庇《ひさし》に、一匹の白い猫が座っている。階下にいなかった飼い猫の一匹だろう。

その猫が警告のように鋭い声を上げた。甘木が我に返ると、春代の体が前の方に大きく傾いている。両肩を背後から抱き寄せて、彼女ごと畳に尻餅《しりもち》をついた。

窓越しに猫と目が合う。助けてくれ、という声が頭に蘇った。青池の言う通り、あれは春代が喋っていたのかもしれない。しかし甘木にはあの猫が飼い主のために助けを求めたように思える――。

前触れもなく春代の体が暴れ始めた。力をこめて抑えこもうとすると、頬骨にしたたかな頭突きを食らった。目の前にぱっと火花が散る。甘木の両腕を振りほどいた彼女は、窓に向かって飛びつこうとする。

間に合わない。

焦燥にかられた瞬間、春代の前に黒い人影が立ちはだかった。山高帽子をかぶった先生が、高いところから四つん這いの春代を見下ろしている。

ぎろりと先生の両目が光った途端、彼女は手足の動きを止めた。甘木もその場から動けずにいる。首筋の毛がにわかに逆立った。この場にいる誰よりも、得体の知れないものがそこにいるようだった。

先生は静かに膝をつくと、黒髪にまみれた春代の頬を両の手のひらで挟みこんだ。そして、何かを確かめるように近くから相手の瞳を覗きこむ。怯《おび》えたように春代の体がびくりと震えた。部屋も、窓の外も、すべてがしんと静まり返った。

「ああ、違ったか」

かすれた声が先生の口から洩《も》れた。その顔には場違いな安堵《あんど》が浮かんでいる。力を失った春代の体が、畳の上にことりと転がった。ややあって、規則正しい息遣いが聞こえてくる。安らかな寝顔は、もう甘木の知っている彼女だった。

白い猫が隣家の庇から飛び降りていった。


甘木の知る限り、春代の家でその後異変は起こっていない。

彼女の叔母は医者が到着する前に意識を取り戻した。前の日と同じように錯乱した姪ともみ合ううちに、階段から足を滑らせたのだという。助けを求めようと土間に這い降りたところで、気を失ってしまったのだ。

春代は甘木たちが踏みこんでから、そのまま一昼夜眠り続けた。目覚めた時に体の調子はすっかりよくなっていた。猫じみた異様な振る舞いをしたことは断片的にしか憶えていないという。

「私、一人ぼっちになってから、亡くした家族と同じ数だけ猫を貰いました」

事件から数日後、甘木は下宿先で春代の訪問を受けていた。迷惑をかけたお詫びにと菓子折を持ってきたのだ。

「人間と同じように猫の性格もそれぞれなんです。懐くのもいれば懐かないのもいるし、外に出るのが好きなのもいれば、うちにいるのが好きなのもいます」

表情を変えずにぼそぼそと一本調子で喋り続ける。これが本来の彼女らしい。桜色の着物と造花の髪飾りは以前のままだが、甘木にとっては別の人物だ。こうして向かい合っていても、以前のように胸がざわめくこともなかった。結局のところ、自分に似た人間への共感を抱いていただけなのかもしれない。

「先々月、なかなか帰ってこない一匹……タキっていったんですけど、捜しにいったら道路で冷たくなっていて。うちにいる間はよく死んだタキのことを考えていました。この前寝込んだ時、急に自分がタキになったような気になってきて、いつのまにか……」

(普段の自分とはまるで違うものに支配されてしまう)

先生の言葉が頭をよぎる。普段から真面目に演技することに取り組んでいた結果なのだろうか。

「あの、やっぱり内田先生のところにもお詫びに伺いたいんですけれど、ご住所を教えていただけませんか」

「そのことだけれど」

春代が直接詫びたがっていると聞いていたので、昨日合羽坂にある先生の家へ伝えに行ったが、「その必要はない」の一点張りだった。

「『君がまとめて詫びを受けなさい』と先生に言われている。無理に行かなくてもよさそうだよ」

漱石の背広を取り返した後、青池に取った態度と同じだ。先生は自分が救った相手でも、後から進んで関わろうとはしない。しかし、春代は納得しなかった。

「それでも、一言ぐらいお詫びをしたいです」

無愛想に何度もそう繰り返す。意外にこだわりの強い、頑固な性格らしい。

「きっと『千鳥』に先生が来ることもあるだろうから、その時に謝ればいいと思う」

おそらくいつもの仏頂面で黙って聞き流すだろう。先生は若い娘に素っ気ない態度を取りがちだが、時間をかければ多少は打ち解けるかもしれない。もともとこの娘の本来の性格は先生と少し似ている。

もちろん先生相手に演技の練習などしないのが前提だが。

不意に頭の中で閃《ひらめ》くものがあった。

「『千鳥』を休む直前、先生が一人で来たことはあった？」

しばらく考えてから、春代はこくりと頷いた。

「そういえば、いらっしゃいました……寝こむ前の日に」

甘木は自分の顔が引き締まるのを感じた。やはりそうだったのか。先生は「先々週」千鳥で春代から接客を受けた話をしていた。春代が休み始めたのも先々週だ。

「春代ちゃんが働いている日に、先生が一人で来たのは初めて？」

「そうだったと思いますけど……それがなにか」

彼は無言で答えを避けた。


春代が帰ってからも、甘木は自分の部屋で思いに沈んでいた。

（関わるべきではないものに関われば、どんなことになるか分からない）

彼女が体調を崩したのは先生の真似をした直後だった。関わるべきではないものというのは、先生自身のことを指していたのかもしれない。

あの先生は自分をなにか普通ではない存在と見なしていて、自分と関わったことをきっかけに彼女が体調を崩し、やがて猫に取り憑かれたようになった、そんな繋《つな》がりで考えているのではないか。だから責任を感じて、春代のもとへ駆けつけた——。

「……おかしな考えだ」

思わず甘木はつぶやいた。こんな考えも普通ではない。しかし、これが正しいとなぜか確信している自分も、おそらく普通ではないのだろう。春代はもちろん、先生も、甘木も、全員が大なり小なりおかしいのだ。

他にもまだ気になることがある。あの部屋で先生が春代の目を覗きこんだこと、あれには一体どんな意味があったのだろう。そして「違ったか」という安堵の言葉。まるでもっと恐ろしい何かが、あの場にいることもありえたかのようだった。

強い風にがたりと窓が鳴って、甘木は飛び上がりそうになった。

今回の出来事の後、一つ変わったことがある。得体の知れない何かが近くにいるような、嫌な気配を感じることが増えた。もちろん実際に目にしたことはないけれども、ちょっとした物音にもつい反応してしまう。合理主義者の青池に話せば、そんなことは気のせいだと笑い飛ばされるに違いない。

(小さな風の音も気になる。ならない方が不思議だ)

きっと内田榮造先生なら笑わないはずだ。あの先生はこういう気配を感じながら暮らしているのかもしれない。

勇気を振り絞って窓を開け、外の様子を確かめる。隣家の瓦《かわら》屋根と物干し台という普段の風景が広がっているばかりだった。

顔を引っこめようとした時、ひゃっと小さな鳴き声が聞こえた。

白い猫が隣家との境にある塀の上に立ち止まり、顔をこちらに上向けている。春代の家にいた猫によく似ていた。人に懐かない、三匹のうちの一匹だ。あの家の階段で喋ったように思えた猫。

まさかここまで訪ねてきたのだろうか。いや、甘木の家を知っているはずがない。よく似ているだけの違う猫だろう。

白い猫は音もなく歩き出して、塀の角で飛び降りて甘木の視界から消えた。

窓を閉めようとして、頭から水をかぶったような心地がした。

三匹のうちの一匹？

春代は亡くした家族と同じ数の猫を貰った。彼女の家族は両親と弟。つまり貰った数は全部で三匹だったはずだ。そのうちの一匹が自動車にはねられ、裏庭に埋められたとしたら、残っているのは二匹だけだ。

あの家にはなぜ猫が三匹いたのだろう。

いや——本当に三匹いたのだろうか。

思い返してみれば、宮子も、春代の叔母も、先生も、青池も、甘木以外は誰も三匹目を意識していた様子がなかった。もし皆の目に二匹しか映っていなかったとしたら。猫の亡霊に憑かれたのが春代の思いこみだとしても、それは亡霊の存在しない理由にはならない。

（助け、てくれ）

あの猫は終始、春代を守るような行動を取っていた。これからもあの家に住む彼女を、陰ながら見守り続けるのかもしれない。

「……これも、おかしな考えだ」

甘木は窓をぴしゃりと閉めた。

青池の言った通り、このことも理屈で説明はつくのだろう。けれども春代が猫を何匹飼っているか、甘木は確かめる気になれなかった。もし確かめてしまったら、答えを知ってしまったら、自分を取り巻いている気配がさらに大きくなる——そんな風に思えてならない。

だから彼の知る限り、春代の家でもう異変は起こっていない。

第三話

竹杖

爪先のような薄い月が、墨色の空にぽつんと浮かんでいる。

夜になっても一向に涼しくならない。九月に入ったとは思えない暑さだった。

大学生の甘木は神楽坂の下にある市電の停車場に立っていた。小脇にボール箱を抱えたまま、学帽を脱いで額の汗を拭《ふ》く。濠端《ほりばた》まで下りると繁華街の喧噪《けんそう》はだいぶ遠ざかる。つい先ほどまで自分もその中にいたのが嘘のようだった。

午後の講義が終わった後は予定もなく、神楽坂の映画館でアメリカの戦争映画を観た。耳障りな爆発音や俳優たちの叫び声が暑苦しさに輪をかけて、内容はほとんど頭に入ってこなかった。白々しい気分で外へ出た時には、すっかり日も沈んでいた。

甘木は同じ大学に親しい友人がいない。生来の影の薄さを補おうと、学友たちを遊びに誘っていた時期もあったが、彼らの方から誘われる機会はほとんどなかった。悪気なく存在を忘れられているらしい。虚しさから独りでいることが増えていた。

ベルとともに緑色の路面電車が近づいてきて、甘木の前で軋《きし》みを上げて停まった。夕食を取ったカフェーで届け物を頼まれたので、小石川の下宿へ戻る前に少し寄り道をするつもりだった。

薄汚れた板張りの市電に乗りこんだ甘木は、扉のそばで立ち止まりそうになった。蒸し暑い車内には大勢が隙間なく座席に腰かけている。不思議と立っている乗客はいない。同じ姿勢で揃《そろ》って背筋を伸ばしている姿が、どことなく薄気味悪かった。

妙に生温かい吊革《つりかわ》を摑《つか》んだ途端、けたたましく発車のベルが鳴り、緩い下り坂の外堀《そとぼり》通りを市電が走り出した。開かれた窓のすぐ先に水が流れているはずだが、涼風の気配すら感じられない。

手元に目を下ろすと、抱えていたボール箱の蓋《ふた》が開きかかっていた。丸みを帯びた黒いフェルトは大きさも形も人の頭のようだ。

箱に入っているのは山高帽子だった。内田榮造先生——彼の通う私立大学のドイツ語部教授の持ち物である。先生は一昨日《おととい》の昼過ぎ、神楽坂のカフェー「千鳥」にこのボール箱を携えて現れ、ビールを立て続けに三杯飲み、手ぶらで帰ってしまったのだという。

「甘木さんは先生と仲良しだから、お宅もご存じでしょう。届けて下さらない？」

女給の宮子がそう言いながら、ボール箱を甘木のテーブルに置いた。中の山高帽子には見覚えがある。時々先生がかぶっているものだった。外側のフェルトは古びているが、裏地は新しいものに替えられている。修繕に出されていたのかもしれない。

「先生は取りにいらっしゃらなかったんですか」

わざわざ修繕するほど愛着があるなら、置き忘れたまま放っておくのもおかしな話だ。それがねえ、と太い眉《まゆ》を寄せて宮子は呆《あき》れ顔を作った。

「今日の午後、先生が奥さまといらしたから、この箱も席までお持ちしたの。ありがとうってお礼まで言って受け取ったのよ。でも、お帰りになった後でお皿を片付けに行ったら、やっぱり椅子の上に置きっぱなしになっていて」

目に浮かぶようだと甘木は思った。先生は偏屈な変わり者で、細かいことにもこだわりが強い。そのわりに子供じみたそそっかしさがある。

ぎょろりとした先生の両目とへの字の口元が不意に懐かしくなった。学内に友人のいない甘木だったが、年の離れた先生とは不思議とうまが合っている。そういえば、夏休みが終わってからまだ顔を合わせる機会がなかった。

「そういうことならお届けしますよ」

妙にかさばるボール箱を受け取った時、ふと宮子の話に引っかかるものを感じた。

「先生、奥さんとご一緒だったんですか」

神楽坂の「千鳥」は料理が売り物の妙なカフェーで、先生も時々利用している。しかし、甘木の知る限り妻を連れてきたことはなかった。そもそも、妻子がいるのかどうかもよく知らない。

「奥さま、だと思うんだけれど」

宮子が大きく首をかしげる。背の高い彼女がそうしていると、見上げている甘木も釣られそうになった。

「ひょっとして違うのかしら。先生よりはだいぶお若かったけれど、私よりは少し年上だったわ。三十路《みそじ》かその手前ぐらいの、色の白いきれいな方」

さすがに話を立ち聞きするような真似はしなかったらしい。分かることは何もなかった。

足の親指にこつりと硬いものが当たって、甘木は市電の中で我に返った。

いつのまにか細い竹のステッキが靴先に触れている。ステッキは目の前に座る和服の男が握りしめているものだった。ぶつかったことにも気付かない様子で、指先一つ動かそうとしない。若くはないが老人というほどの年齢でもないようだ。

ひょろりとした上半身は左右の客よりも拳《こぶし》一つ分は高い。新品のカンカン帽に隠れて、顔立ちはまったく分からなかった。

甘木は足を引いて、再び外を眺めようとする。その時、和服の男が自分の手元を見ていることに気づいた。甘木の抱えている山高帽子の箱に視線を注いでいるようだった。

無地のボール紙で作られた箱に、人目を引くところは何もない。この箱がどうかしましたか、と尋ねようか迷った。わざわざ口に出すほどのことでもない気がした。

「まるで、あの日のような暑さじゃないか。なあ」

背後からあたりを憚《はばか》るようなかすれ声がして、甘木の注意がそちらに逸《そ》れた。肩越しに振り向くと、夫婦者らしい老齢の男女が座席に並んでいる。大きな行事の帰りなのか、男は黒紋付きの羽織袴《はかま》、女も黒い留袖《とめそで》という古風な式服姿だった。二人ともひどく小柄で、雪駄《せった》のかかとが床から浮いている。隣にいる妻に向かって、夫の方が話しかけていた。

「いいえ、こんなものではありませんでした。もっと暑かったですよ」

妻はにべもなく答える。低く抑えた声は男のものと奇妙に似通っていた。

「大地震の後に大火事があって、空一面に火の粉が飛んでいましたからね。横になっていても火に炙《あぶ》られるようで」

夫はかぶりを振って、白い顎鬚《あごひげ》を撫《な》でた。

「そうだったなあ。頭がおかしくなりそうな暑さだった。それでも、本所《ほんじょ》あたりの火の海に比べれば、だいぶましだったろうよ」

大正十二年の関東大震災の話をしていることは察しがついた。今日は九月一日。関東を襲った大地震からちょうど九年経つ。昼間に各地で追悼式典が行われたはずだ。当時小学生だった甘木も郷里の小田原で震災に遭っているが、東京の惨状は伝聞でしか知らない。

「次の日の朝は、どこへ行っても真っ黒になった人ばかりだったなあ」

「そうでしたねえ。男か女かも見分けがつかない有様で」

甘木は「千鳥」で働いている女給の春代を思い出した。彼女も大震災の火事で家族を失ったという話だった。東京にはそういう市民が大勢いる。

「次は本村町《ほんむらちょう》です」

車掌の声と甲高いベルが同時に響き渡った。少し案内が遅れたのかもしれない。すぐに市電は減速し、誰もいない停留所に停まった。甘木は切符を渡して地面へ降りる。

外の暑さは相変わらずだった。

停留所を離れようとした時、こめかみに視線を感じて電車を振り返る。背の高い和服の男が、いつのまにか竹のステッキを突いて立ち上がっていた。市電を降りるでもなく、甘木のいる停留所をじっと見ている。つばの広いカンカン帽に目元は隠れているが、面長な顔かたちはそれなりに見て取れた。

甘木の喉《のど》がひとりでに動いた。

発車ベルが鳴り、市電は走り出した。気味の悪い男を乗せたまま、速度を上げて遠ざかっていく。男の両目は終始甘木に――いや、甘木の抱えている山高帽子の箱に据えられていた。軽い箱がにわかに重く感じられる。なぜ男はこの箱に関心を寄せていたのだろう。

気がかりは他にもある。以前にもあの面長な顔を目にしている気がしてならない。一体どこで会っているのか、いくら考えても分からなかった。

うだるような暑さだというのに、甘木の肌はうっすら粟《あわ》が立っていた。嫌な気配がまだ首筋にまとわりつくようだった。

数ヶ月前「千鳥」の女給である春代の身に異変が起こり、甘木もそれに巻きこまれたのだが、それ以来たまに奇妙な感覚に囚《とら》われる。得体の知れないものと間近ですれ違ったような、何かが暗がりからじっと自分を見ているような。

甘木は大きく首を振って、合羽坂に向かって歩き出す。

努めて深く考えず、目を凝らすことなく日々を過ごしているが、今日はそうするのが難しいほど気配が濃い。何万人もの人々が亡くなった日だからなのか、甘木がただ勝手に不安に駆られているだけなのか、どちらともはっきり分からなかった。

陸軍士官学校の塀に沿って進むと緩やかな坂にぶつかった。

そこから脇道に入った先に内田先生の住まいがある。だいぶ夜も更けているのに、バイオリンの演奏が聞こえてくる。どこかの屋敷に音楽好きの令嬢でもいるのかもしれない。近所迷惑と言っていい騒々しさだった。

こだわりの強い先生はさぞ機嫌を損ねているだろう。そう思いながら門前に立つと、バイオリンの音色は何と先生の家から聞こえてくる。どういうことなのか見当もつかない。先生の家にバイオリンを弾く人がいるとは思えなかった。

「ごめんください」

玄関で演奏に負けないように声を張り上げる。入りなさい、という声が聞こえた気がした。後は演奏が続くばかりだったので、仕方なく引き戸を開けた。むっとする湿った熱気と、鳥肉らしい独特の臭いが外に洩《も》れだしてきた。

先生の家は玄関の間が二畳の座敷になっていて、その左右に一つずつ部屋がある。左手の茶の間から、浴衣姿の先生がぬっと現れた。はだけた胸元や首筋はてらてらと汗で光り、眼鏡のレンズは湯気で曇っていた。顔が赤いのは暑さのせいだけではなさそうだ。全身から酒の臭いを放っている。

「どうしましたか。こんな夜遅くに」

素っ気ない声の調子や仏頂面はいつも通りで、不機嫌なわけではなさそうだ。得体の知れない音楽や熱気に気を取られつつ、甘木は例のボール箱を手渡して、神楽坂の「千鳥」で預かったと説明する。箱を開けた先生はほっとした様子だった。

「明日にでも取りに行くつもりだった。暑い中、わざわざ神楽坂まで行かずに済んだな」

今日の午後「千鳥」へ行ったのだから、その時に持って帰ればよかったはずだ。甘木がそう指摘しようとすると、ばちばちと薪《まき》の爆《は》ぜるような雑音が響き渡った。バイオリンの曲が終わったのだ。先生は右手の書斎へ入り、畳に置かれている卓上型の蓄音機の針を上げる。それが音楽の出所らしかった。

「蓄音機をお持ちだったんですね」

帽子の箱を文机《ふづくえ》に置いた先生に向かって、甘木は背中から声をかけた。蓄音機はゼンマイ式の古い型らしく、開かれた蓋の裏側にビクターの社標が見える。

「そういう機械はお嫌いかと思ってました」

「別に好きではないさ。こんなこつこつした箱の中から、人の声が急に喚き出すなんてぞっとするじゃないか」

先生は文句を付けながら、大事そうに蓄音機の蓋を閉めた。言っていることとやっていることが違う。

「だったら、今はどうしてお持ちなんですか」

「人の声が入っていない、バイオリンやオーケストラのレコードをかければ問題がないと気付いたからだ。今はなるべく大きな音で、こういう西洋音楽を朝から晩までかけている」

「近所から苦情が来ませんか」

甘木は呆れて言った。

「今のところは来ていない。いい音楽をお裾分《すそわ》けしているようなものだから、案外喜ばれているのかもしれんな」

先生は澄ましている。そうとは限らないと思ったが、何か言う前に機先を制された。

「とにかく、上がっていきなさい」

玄関の間を通りすぎて、先生は左手にある茶の間へ戻っていった。外よりも暑い部屋に入るのはためらわれたが、先生と話したい気持ちの方が勝った。靴を脱いで上がると、畳の上になぜかガラスのコップがぽつんと転がっている。拾い上げて茶の間に入った。

鳥肉の臭気と熱気がさらに強くなった。小さな座卓に据えられたガス七輪の上で、土鍋《どなべ》が湯気を立てている。一升瓶や小皿がその周りにきれいに並べられていた。

この暑い中で鳥鍋をやっているらしい。鍋の横には鳥の骨が盛られた器もあった。窓際に置かれた鳥籠《とりかご》の中で、目白たちが力なく鳴いている。

「料理はともかく酒はあまり残っていない。今、ビールを買いに行かせたところだ」

先生に促されて座ろうとした甘木は、ぎょっと腰を浮かしそうになった。白い肌着を着た、がっしりした体格の男が寝息を立てている。年の頃は二十代の後半というところ、短髪で目鼻の造作がいちいち大きい。よく目立つ団子っ鼻が文字通り食べ物らしく見えた。

「そこに転がっている男は、以前大学で私の講義を受けていた笹目《ささめ》だ。とっくに卒業しているが、君と同じ学科で学んでいた先輩にあたる。一応、挨拶《あいさつ》しておくといい」

先生と親しい卒業生が何人かいる話は聞いたことがある。会うのはこれが初めてだった。どう見ても酔い潰《つぶ》れているが。

「甘木です。初めまして」

とりあえず頭を下げた。通夜の席で故人に挨拶している気分だった。返事は期待していなかったが、笹目という男は瞼《まぶた》を薄く開けた。

「ご無沙汰《ぶさた》しています、お初《はつ》さん」

妙にはっきりした声が、知らない名前を口にした。お初さんとは誰だろう。さっき拾って持ったままだったコップに、先生が一升瓶の酒を注いでくれる。ちゃんと洗ったものなのか確かめる余裕もなかった。

「笹目君、そろそろ起きろ。どうしても眠っていたいなら、我々と話しながらにしなさい」

無茶を言いながら、鼓さながらに額をぴしゃぴしゃ叩《たた》く。やがて笹目はむっくり起き上がり、宴席に加わった甘木に目を留めた。

「私が今、ドイツ語を教えている本科二年の甘木君だ」

先生に紹介された甘木は、コップを置くと改めて挨拶した。

「なるほど、なるほど」

笹目は首を傾けながら甘木の顔を覗《のぞ》きこむ。一体何に納得したのか、盛んに顎を撫でている。やたらと距離が近い。言葉ははっきりしているが、まだ目つきはとろんとしていた。

「それじゃ、君もお初さん大好き同盟の一員というわけだ」

甘木は返答に困った。いきなり訳の分からない同盟に入れられてしまった。

「いや、違う。何を言っているんだ。こんな若い学生が長野《ながの》を知っているはずはないじゃないか。たまたまここへ来たので、上がってもらっただけだ」

先生が口を挟む。笹目は人好きのするにこにこ顔で何度も頷《うなず》いている。

「そうかそうか。なるほどねえ」

どこまで理解できているのか定かではない。笹目は座卓にあった甘木の酒を取り上げて、勝手にぐっと飲み干す。

「美味《うま》い！　お初さん、万歳！」

と、叫んだかと思うと、紙屑《かみくず》でも捨てるように隣の二畳間へコップを放り投げてしまった。

「えっ」

甘木は目を丸くする。畳を硬いものが転がる音がした。幸い割れることはなかったようだ。

「またやったのか」

先生は仏頂面で舌打ちをする。玄関の間に空のコップが落ちていた理由が分かった。

「この男は昔から酔うとああするのだ。変わった虫が飛んでいると思うしかない」

この先生の知り合いらしく、かなり癖の強い人物だ。酒を飲むと奇行に走る者は珍しくないが、コップを投げる酔っ払いは初めてだった。周囲に喧嘩《けんか》をふっかけたりするよりはいくらかましかもしれない。

「お初さんという方も、先生の教え子なんですか」

先生は長野と呼んでいたから、長野初という人なのだろう。軽く話題を変えたつもりだったが、途端に先生の両目が険しくなった。

「教え子、という呼び方は好かん」

「え？」

「教師と学生は子だの親だのというような、べたべたした甘えた間柄ではない。一時は親しく見えたとしても、どう転ぶか分からない緊張感を保っているものなのだ。君も私の教え子などと名乗るべきではない」

「はあ……」

甘木は反応に困った。真顔で力説する先生のコップに、赤ら顔の笹目がへらへらしながら酒を注いでいる。先生と笹目の関係はだいぶ緩んで見えるが、言われてみると先生の口から「教え子」という言葉を聞いたことがない。そういう言葉遣いも先生らしいこだわりなのだろう。むっつりと酒を飲んでいる先生の姿に、甘木はどこかはぐらかされたような割り切れないものを感じた。質問の答えが返ってきていない。

「お初さんというのは、昔先生のところにドイツ語を習いに来ていた女のお弟子さんだよ。文学好きのインテリで、気立てもいい人でね。俺たち学生ともよく文学談義に花を咲かせたものさ」

笹目が遠い目で答えた。先生は渋い顔でコップを置いたまま、自分では何も説明しようとしない。どこか妙な雰囲気だった。

「あの頃、先生のところに遊びに来ていた学生はみんなお初さんのファンだった。そういう連中でお初さん大好き連隊を結成して……」

「さっきと名前が違うじゃないか」

先生が遮るように口を挟んだ。

「同盟だか連隊だか知らんが、そのふざけた名前はどうにかならなかったのかね。聞いているだけで背中がむずがゆくなってくる」

近くにあった孫の手を引き寄せると、襟首から差しこんで本当にばりばり掻《か》き始めた。

「お初さん大好き組合の方がよかったですかね」

そう言いながら、笹目は自分のコップを目で探している。多少正気に返っているようだが、さっき自分が放り投げたのを忘れているらしい。

「そんなふざけた労働組合があってたまるか。第一、長野は結婚していただろう」

「分かってましたよ。みんな実の姉さんみたいに慕っていただけですって」

二人はふっと息をついた。凪の吹き抜けたような沈黙が茶の間に降りる。

「それで、お初さんは今どちらに……」

甘木は口をつぐんだ。さっきから二人はその人の思い出しか語っていない。

「九年前の今日、大震災の火事で亡くなったよ。家は本所にあった」

力のない声で答えて、先生は七輪の火を止めた。その続きは甘木にも察しがつく。

（本所あたりの火の海に比べれば、だいぶましだったろうよ）

市電の中で耳にした老夫婦の会話が蘇《よみがえ》る。本所には軍服を製造していた被服廠《ひふくしょう》の跡地がある。地震の後、付近の住民たちが家財道具を持って避難したが、そこを火炎まじりの巨大な旋風が襲った。何万もの命が失われたという。お初さんもその一人に違いなかった。命日に故人を偲《しの》ぶために二人は酒を飲んでいたのだ。

何も言えなくなった甘木をよそに、先生たちはぽつぽつと小声で話し続けている。

「先生は今年もお参りに行ったんでしょう」

「震災記念堂へかね。昼間行くには行ったが、お参りなんて大層なものではないさ。笹目君も気になるなら行ってくるといい」

「俺も毎年九月一日に行ってます。今日もここへ来る前に寄りました」

先生は被服廠跡に建てられたという震災記念堂へ行った後、神楽坂の千鳥に寄ったのだろう。しめやかなやりとりは市電で耳にした老夫婦のそれを思わせた。今夜は東京の至るところで、大勢が亡くなった人たちを語っているに違いない。

「この時分の東京は、毎年おかしな雰囲気じゃないですか」

笹目が急にはっきりした声で言い、甘木は我に返った。笹目はどこからか新しいガラスのコップを取り出して、手酌でなみなみと酒を注いでいる。

「大勢の命日になっているせいですかねえ。普段なら考えられないような、尋常じゃないことがあっちこっちで起こっていそうな……気のせいだと言われれば、それまでですがね」

酔っ払いの話だと聞き流す気にはなれなかった。確かに今日はどこへ行ってもおかしな気配が漂っている。

「何かおかしなものでも見たのかね」

コップを置いた先生が静かに尋ねた。感情の窺《うかが》えない平らな声に、なぜか甘木の背筋が強張《こわば》った。先生は息を詰めてじっと笹目を見据えている。相手は釣り込まれたように一度口を開いてから、白い歯をむき出して無理やり笑いに変えてしまった。

「先生にそういう話をすると、大事《おおごと》になりそうだからなあ」

一体何の話なのか、甘木には見当もつかなかった。問い詰められる機先を制するように、笹目は座卓に手を突いて立ち上がった。

「おやおや、蓄音機が止まってるじゃないですか。別のをかけていいですか」

先生の返事を待たずに、ふらついた足取りで書斎へ向かう。肩透かしを食った気分で背中を見送るしかなかった。

「様子を見に行ってくれ。レコードを割られたらかなわない」

小声でそう囁《ささや》かれる。もういつもの先生に戻っていた。甘木は頷いて立ち上がり、笹目の後を追った。

甘木が先生の書斎に入ると、笹目は蓄音機の前に何枚かレコードを並べて吟味の最中だった。分別くさい顔つきで腕組みをしていたが、

「これでいいや。どうせ違いなんて分かりゃしねえんだ」

乱暴なことをつぶやいて、そのうちの一枚を手に取った。紙袋から出したつややかな黒い円盤を蓄音機に載せる。笹目がぜんまいのハンドルを猛然と回している間、甘木は部屋の隅に一枚の紙が落ちていることに気付いた。

何となく拾い上げてみると、升目の入った原稿用紙だった。描かれているのは文章ではなく、落書きのような奇妙な絵だ。眼鏡をかけた男の上半身があり、その鼻から糸のようなものが延びて大きな渦巻きを形づくっている。そして、渦巻きの中にも男とそっくりな人物の全身がもう一つ描かれていた。

お世辞にも上手《うま》いとは言えない、不安をかき立てられるような絵で、その上に題名も添えられていた。

「百間先生邂逅百間先生図」

「百間先生邂逅百間先生図」／実践女子大学図書館所蔵

百間は内田先生が小説や随筆を書く時に使っている筆名だ。先生をモデルにした絵なのだろう。言われてみれば顔は似ている。

絵だけではなく題名もおかしい。先生が先生に邂逅《かいこう》する？

憂いを帯びたバイオリンの音色が書斎に満ちた。動き始めた蓄音機を残して、笹目が茶の間に戻っていく。甘木は原稿用紙の始末に困って、結局持ったまま茶の間に向かった。先生に訊《き》くのが一番だろう。玄関の間でコップを拾うのも忘れなかった。

「いい演奏ですねえ、曲名は知りませんが」

座卓の前についた笹目が涼しい顔で言った。

「曲名ならラベルに書いてあっただろう」

先生が呆れ顔で言った。曲が進むにつれてバイオリンの演奏は速く、激しくなっている。

「読もうと思ったら、急にぐるぐる回り出したんですよ」

笹目は人差し指を上げて、軽く渦巻きを描いた。レコードが回るのは当たり前だ。

ふと、甘木は自分の持っている原稿用紙を見下ろす。絵に描かれた「百間先生」の後ろにも大きな渦巻きがある。

「その絵はどこにあったのかね」

先生が横から口を挟んだ。

「向こうの書斎に落ちていました。どこに片付けたらいいか分からなかったので……」

そう答えながら差し出すと、壊れ物を扱うような手つきで受け取った。先生は描かれている自分をしげしげと眺める。本物の先生と絵の中の「百間先生」たちは同じ表情に見えた。特徴をよく捉《とら》えている。

「その絵、以前多田君のところにあったものでしょう？　彼の家で見せてもらったことがあります。これからは先生がお持ちになるんですか」

笹目が横から絵を覗き込む。これを知っている様子だった。多田という名字には聞き覚えがある。以前も先生が口にしたことがあったはずだ。

「いや、久しぶりに見たくなっただけだ。気がすんだら、また多田に預かってもらう」

先生の持ち物なのは間違いないようだ。こうも丁重に扱っているものを手元に置かず、わざわざ他人に預けるのも不思議だった。

「どなたが描いた絵なんですか」

「芥川だ」

喉に何か詰まったような声で、先生が短く答えた。え、と甘木は思わず聞き返した。

「芥川龍之介が描いて、私にくれたものだ」

もちろん、芥川龍之介の名前は知っている。

五年前、大量の睡眠薬で命を絶った有名な作家だ。季節は違うが、こんな風に暑い時期だったと思う。小田原に住む中学生だった甘木も、当時の騒ぎははっきり憶《おぼ》えている。当時から文学少年だった友人の青池がショックのあまり何日も学校を休んで、心配して様子を見に行った。何人もの愛読者が後を追うように自ら死を選んだことも話題になっていた。

先生が芥川龍之介と交流があったという話は、漱石が愛用していた背広の騒動の時に青池から聞いた憶えがある。

「私と同じように芥川も夏目漱石先生の門人だった。文壇に登場したのも漱石先生の後押しが大きい。私よりも年下だが、大学では同じ講義を受けていたこともある」

「そうだったんですか」

甘木は相槌《あいづち》を打った。笹目は既に知っていたようで、酒をあおりながら聞き流している。

「昔、私が『冥途』という創作集を出版した時、高く評価してくれた数少ない文人が芥川だった。仕事や金をたびたび融通してくれたものだ。私にとって文学上の恩人ということになる。その絵は芥川が亡くなった年、仕事の話をしに出版社へ行った時、目の前で描いてくれたうちの一枚だ」

先生は遠くを見るように言った。最近は小説や随筆の原稿依頼も増えているらしいが、作家としての先生は決して有名とは言えない。創作集の『冥途』もろくに売れなかったという。

それにしても、先生の口から芥川龍之介の名前を聞いたことがない。甘木が文学に疎いせいもあるだろうが、作家志望の青池が同席している場でも同じだった。あるいは大事な知己だからこそ、軽々しく口に出せなかったのかもしれない。お初さんという人のことも、今日まで甘木には話していなかった。

「この絵にはどういう意味があるんですか」

先生が答えに迷う気配が伝わってきた。ややあって重たげに口を開いた途端、激しいバイオリンの演奏が終わった。なにも録音されていないところを針がこすり始める。先生がそそくさと立ち上がって、レコードから針を上げに行った。

戻ってきた先生が席につくと、急に笹目が場違いに大きな声を発した。

「その絵はドッペルゲンガーを描いたものですよね、先生」

先生はぐいと体をねじ曲げて、畳の縁に置いてあった灰皿と煙草を引き寄せた。答えを避けていると見えなくもなかった。

「ドッペルゲンガー、というのは？」

甘木は笹目に尋ねる。深入りすべきではない話題に思えたが、この絵について知りたい気持ちが勝った。

「西洋の怪談に出てくる、自分そっくりの分身だよ。そいつと顔を合わせたら死んでしまうと言われていてね。芥川先生もドッペルゲンガーを小説に登場させたことがある。そうでしたよね、先生」

笹目は内田先生の顔を上目で窺っている。煙草をくわえた先生はマッチの箱を軽く振ってから、時間をかけて中の一本を取り出した。

「題材としては珍しいものではない。私も昔、そういった話を書いたことがある。芥川は私の小説を思い出して、冗談で落書きをしただけのことさ」

煙草に火が点《つ》き、先生の顔が煙で見えにくくなった。話の筋は一応通っているが、はぐらかされたような印象は拭《ぬぐ》えなかった。先生がこの絵を大事にしていること、わざわざ人に預けていることは、ただの落書きでは片付かない。少なくとも先生は、もっと深い意味をこの絵に見出しているのではないだろうか。

「ドッペルゲンガーの話を聞くたびに気になってたんですが」

頰杖《ほおづえ》をついた笹目が遠い目でつぶやいた。

「自分の分身に会って本物の人間が死んだとして、その後分身の方はどうなるんでしょう……消えちまうものなんですかねえ。それとも」

言葉の残りがふっと立ち消える。いくら待っても続きはなかった。また居眠りをしたのかと思ったが、一応は目を開けている。視線の先には例の絵があった。先生はむっつり黙っている。聞いているのかいないのか、畳の縁に沿って煙草とマッチの箱を並べていた。

「あの、何の話をしているんですか」

甘木が尋ねると、笹目は我に返ったように頭を搔いた。

「いや、実は」

そう言いかけた時、玄関の引き戸がからからと開いた。先生の身の回りを世話している女性が、ビール瓶の詰まった竹籠を提げて茶の間に入ってくる。ふと、甘木は宮子から聞いた話を思い出した。昼間「千鳥」に来た先生は妻らしい人と一緒だったという。

この人は宮子の話より明らかに若いから、別の人のことだろう。それでは一体誰なのか、先生が妻帯しているのかどうかも含めて、なぜか確かめる気にはならなかった。

追加されたビールがなくなるまで宴会は続いた。冷えた酒で気分も爽《さわ》やかになったせいか、いくらか場も明るくなった。

甘木たちが先生の家を辞した時は真夜中近くになっていた。

相変わらずの暑さの中、市電の停留所を目指して坂を上っていく。他に誰の姿もなかったが、同じ方向へ行く人はいるらしい。前の方から杖をつく音が響いてくる。深夜なのにどこかで蝉も鳴いていて、不思議と騒々しかった。

笹目がすぐふらつくせいで肩がぶつかる。さっきレコードでかけたバイオリンの曲を口笛で吹こうとしていたが、唇が追いつかなくなってすぐにやめた。

「あの先生も、変わった人だよな」

突然、思いついたようにぽつりと言った。足元に比べると言葉はしっかりしている。頭の方には案外酔いが回っていないのかもしれない。

「ええ、確かに」

「そうなんだ。偏屈で、無愛想で、わがままで、金にもだらしない」

そこまでは言っていないが、否定する気は起こらなかった。笹目の声に悪意がこもっていなかったせいもある。仲のいい親戚《しんせき》のことを語っているようだった。

「ただ、あれで意外と懐が深くて面倒見がいい。人好きのするところもある。俺たちみたいな元学生には割合慕われているし、お初さんも先生を尊敬していた。芥川先生もあの人を放っておけなかったんだろうな」

甘木は頷いた。それは何となく理解できる。またこつんと肩がぶつかった。

「それに、変に鋭いところもあるんだぜ。それが文学的才能ってやつに繋《つな》がっているのかもしれない。あの人が芥川先生との思い出を題材に書いた小説はよかったよ。機会があったら読んでみるといい。『山高帽子』って題名だ」

どこかで笛のような風鳴りがして、足が止まりそうになった。今夜先生の家へ行った原因は、先生が愛用している山高帽子だ。市電の中で目にした不気味な男も山高帽子を凝視していた。そして芥川龍之介の描いた絵。その芥川をモデルにした人物が『山高帽子』という小説にも出てくる——はっきり名指すことのできない、予兆めいた奇妙な繋がりがずっと続いている。この先も何かが起こりそうな胸騒ぎがした。

「まあ、あの先生も何か知ってるんだろうよ。きっと」

軽い調子で続けたので、もう少しで聞き流すところだった。

「何を知ってるんですって？」

「もちろん、ドッペルゲンガーのことさ。さっきも話さなかったっけ。九年前に大地震が起こった日、午前中に俺が本所のお初さんの家へ本を返しに行ったって」

「いや、初耳ですよ」

唐突な話に甘木は驚いていた。大地震が起こったのは正午だから、生前の故人と最後に会ったのが笹目なのかもしれない。首筋にひやりと風が当たった気分だった。

「お初さんとはよく本の貸し借りをしていたんだけど、その時返した本というのが、芥川先生の作品集でね。ドッペルゲンガーの登場する短編が入ってるんだ……」

ドッペルゲンガー。この話と先生がどう繋がるのかよく分からない。甘木は黙って話の続きを待った。

「跡形もなく燃えちまったけど、お初さんは立派なお屋敷に住んでいてね。あの日も洋風の応接間に通されて、しばらく本の感想を話し合ったんだ。そうしたら、何かの拍子にドッペルゲンガーの話になってねえ」

笹目の声は尻上《しりあ》がりに高く、大きくなっていった。抑えても抑えきれないような口調は、さっき耳にしたバイオリンの激しい演奏を思わせた。

「お初さん、自分そっくりな人間を昨日道で見かけたって笑ってたよ。俺は何かの冗談かと思った。でも、玄関まで送ってもらって、門を出る時に振り返ったら、二階の窓の向こうにもう一人お初さんがいたんだ。玄関のお初さんも、二階のお初さんも、同じように笑って俺に手を振っていた……それがあの大地震が起こる、ほんの二時間前だ」

熱に浮かされたように笹目は語り続ける。もう周囲の物音など甘木の耳に入らなかった。家の中にまで分身が入りこんでいたなら、すぐに顔を合わせたかもしれない。何にせよ、その日のうちにお初さんは命を落としている。

「お初さんには教えなかったんですか？　家の中に分身がいたって」

「幻覚かもしれないと思ったんだ。実際、もう一度見たらいなかったしね。それに、二階にいたお初さんが悪いものには感じられなかった。俺に手を振ってくれたことに変わりはないんだから。

でも、君の言う通りなんだ。あの時、駆け戻って注意していれば、今すぐ屋敷を出て逃げましょうって言っていれば、お初さんは死なずに済んだかもしれないな」

急に笹目は大粒の涙を流し始めた。こんがらがるように足がもつれて、甘木にもたれかかってくる。仕方なく一度立ち止まり、ハンカチを貸してやった。しばらくすると落ち着いたのか、笹目は音を立てて洟《はな》をかんだ。

「すみません。無神経なことを」

甘木は頭を下げた。お初さんに告げなかったことを悔やんだに決まっている。すると笹目は取り繕うように大きく首を振った。

「いや、いいんだ。後から思えば、あの時注意しても無駄だったかもしれないし」

少し考えたが、意味は呑《の》みこめなかった。

「どういうことですか」

「あの日、俺の会ってお喋《しゃべ》りした相手が、本物のお初さんかどうか分からないってことだよ。何かの拍子に入れ替わっていて、二階にいた方が本物だったかもしれない。分身に注意したところで意味がないだろう」

その可能性もないとは言えなかった。それに、そう思っている方がこの人の救いにもなる。笹目はハンカチをわざわざ畳み直して甘木に返した。どこに鼻水がついているか分からない、よれよれの四角い布をもう一度ポケットにしまうしかなかった。

「この季節に町を歩いていると、お初さんを見かけることがある。どこの建物と決まってるわけじゃないが、二階の窓からにっこり手を振ってくれるんだ。あの日と同じ笑顔でさ。もう一度確かめてもそこにはいない。

見間違いと言われればそれまでだ。でも、俺は違うと思っている。ドッペルゲンガーってやつは、長くこの世に残ることがあるんじゃないか……本物の人間が死んだ後もね」

さっき先生のうちで、笹目はこの話をしようとしていたのだろう。人間が死んだ後にも現れる、本物そっくりの分身。

つまり、幽霊ではないだろうか。

「どうして先生にそのことを話さなかったんですか」

何かおかしなものでも見たのかね、とさっき先生は言っていた。きっと思い当たることがあるのだ。自分の見たドッペルゲンガーについて話したい気持ちがあるからこそ、笹目の方も「おかしな雰囲気」を話題に出したのではなかったか。

「毎年話そうか迷うけれど、何となくそのままになっちまうんだ。先生も深く訊こうとしない……ありゃ、怖いからだと思うんだよな」

「怖い？」

思わず聞き返した。

「ああ。先生の周りでは妙に人死にが多いんだ」

「……そうですね」

夏目漱石、芥川龍之介、お初さん。先生の交友関係に疎い甘木が知っているだけでも、先生は知人を三人も亡くしている。他にも大勢いるかもしれない。

「俺が幽霊やらドッペルゲンガーやらの話をすれば、先生だって放っておけない。ああ見えても何か手を打ってくれるだろうさ。でも、先生だって死んだ人のことなんて考えたくないんじゃないか……そういう気配を感じるんだよ」

甘木は先生の様子を思い返していた。ドッペルゲンガーについて語ることに、ためらいが見えたのは確かだ。けれども、怖いという感情だけでそうしていたのかどうか。もっと深い事情がある気がした。

坂を上りきった甘木たちは、立ち止まる前よりも早足で歩いていた。もうすぐ最終の市電が来る時刻だ。通りのずっと先の街灯が停車場をぼんやり照らしている。甘木たちの前を黒い人影が停車場へ向かっていた。ステッキを突く音がさっきよりも近い。

「正直、死んだ人だかその分身だかが、世の中にいたっていいと俺は思ってるんだ」

ふと思い出したように笹目が言った。酔っ払いらしい脈絡のなさだが、あるいは彼の中ではきちんと繋がっている話なのかもしれない。

「今、目の前に現れたって全然構わない。お初さんだって窓越しに手を振るぐらいだったら、ちゃんと話をしに来てくれればいいんだ。ドッペルゲンガーだろうが関係ない。話したいことが山ほどあるんだから」

笹目は妙に澄んだ目で言った。こんな話を先生が聞いたら無事では済まないだろう。かんかんに怒って説教しそうだ。死んだはずの人が世の中にいていいとは、甘木にはとても思えなかった。

前を歩く男が電灯の点いた窓の下を通りすぎ、急に輪郭がはっきりした。長身を和服に包み、つばの広いカンカン帽を頭に載せて、自分の爪先を見るようにがくんと首を折っている。

甘木は息を呑んだ。

行きに市電の中で見かけたあの男だ。なぜこんなところを歩いているのだろう。四谷《よつや》方面の市電に乗っていったはずなのに。明らかにおかしい。

「おやおやおや、これはまた」

片手で庇《ひさし》を作った笹目が、芝居がかった調子で言った。甘木が止める間もなく、つんのめるように和服の男に駆け寄った。

「先生、ご無沙汰しています」

背後から素《す》っ頓狂《とんきょう》に明るい声をかける。和服の男は俯《うつむ》いたまま振り返ろうともしない。笹目は前に回りこんで行く手を遮った。

ごつり。

虚ろなステッキの音を最後に、男が足を止めた。それでも顔を上げる気配はなかった。

「お忘れですか。笹目です。内田百間先生にドイツ語を教わっていた笹目ですよ。五年ほど前に一度、田端《たばた》駅のそばでお目にかかったことがあるでしょう。先生が内田先生とお出かけの時に。ほら、顔をよく見て下さい」

下から首を捻《ひね》るようにして、地面を向いた男と無理やり顔を合わせる。先ほど甘木が挨拶した時に見せたしぐさにそっくりだった。他人に会った時の癖なのかもしれない。

甘木は呆然《ぼうぜん》とするばかりだった。両足が貼りついたように地面から動かない。

男は笹目と間近から見つめ合った後、不意にのろのろと向きを変えて、近くの路地に入っていった。リボンのついた真新しいカンカン帽が暗闇に溶けていく。姿が完全に見えなくなると、甘木はようやくほっと息をついた。

「つれねえなあ。まあ、無理もねえか。昔、一度会っただけだし」

まだ路地の方を眺めながら、笹目は屈託のない笑顔でつぶやいた。

「どなたですか」

不吉なものを感じながら尋ねる。五年前。内田先生と一緒。そういえば、甘木も男の顔にはうっすら見覚えがあった。もし有名人だとしたら、不思議ではない。

「今の人かい」

場違いに陽気な笹目の声が夜道に響いた。

「芥川龍之介先生だよ」

甘木は立ちすくむ。鳩尾《みぞおち》に重い石を抱えこんだ気分だった。

神楽坂のカフェー「千鳥」は満席に近い盛況ぶりだった。

甘木は友人の青池と窓際の席で向かい合っている。今日は九月三日。内田先生の家を訪ねてから二日が経っていた。白い日射しが降り注ぐ路地から、息遣いのような生温かい微風が入ってくる。相変わらず厳しい残暑が続いていた。

甘木は汗を拭きながら、テーブルの上で数年前の「中央公論」を開いている。内田百間作の短編小説「山高帽子」が掲載されている号だった。読み終えて顔を上げると、アイスコーヒーを飲んでいる青池と目が合った。

甘木たちも含めて、店内にいる客のほとんどが氷入りのアイスコーヒーを飲んでいる。ビール以外に安価な冷たい飲み物はそれだけだからだ。料理は評判だが肝心のコーヒーが不味《まず》く、「不純喫茶」などと揶揄《やゆ》されるこのカフェーで、珍しくコーヒーがよく注文される季節だった。

「いい小説だろう」

自分が書いたわけでもないのに、青池は誇らしげに胸を張った。この古い雑誌は彼が大事にしているものだ。「山高帽子」を読みたいと頼んだら、わざわざ持ってきてくれた。小説家志望の青池は、内田百間の数少ない愛読者でもある。

「うん。とても良かった」

甘木は素直に頷いた。笹目が言った通り、芥川龍之介との交友を題材にしているようだった。

「俺が初めて読んだ内田先生の小説だ。主人公の名前が俺と似ていて、そこが目に留まったんだよ」

確かに主人公の名前は「青地」という。精神的にも経済的にも不安を抱えた中年男で、内田先生本人をモデルにしているようだ。主人公の「青地」はその場にいない者の声を聞いたり、奇怪な夢を見たりすることがある。その友人「野口」は主人公の精神がおかしくなっていると心配している。彼は「青地」が山高帽子を愛用していることまで、異常な精神状態の表れと見なしている。この「野口」のモデルが芥川龍之介だろう。

主人公はからかうつもりでわざとおかしな言動をして、それに「野口」は過剰な反応を見せるようになっていく。実は「野口」の方こそ精神の均衡を失いつつある。やがて奇行が目立つようになり、睡眠薬を昼も夜も服用し、ついには自ら命を絶ってしまう。一人残された「青地」は、自分の悪夢に恐ろしい陰が加わったのを感じる。

不思議と甘木の胸に迫ったのは、物語の終わりの方で、別れ際に「野口」が主人公にかける言葉だった。

「僕は君を一ばんよく知ってるよ。君のお母さんや奥さんよりも、僕の方がよく知ってるよ。君の本當《ほんとう》の氣持がわかるのは僕だけだよ。ああすればいいとか、あれだから駄目だとか、いろいろ君の事を傍《はた》から云ったって、君にはさうは行かないのだ。しかし、もう行かう」

主人公は瞼の裏に涙がにじむのを感じる。内田先生もこういう言葉を芥川龍之介にかけられたのだろうか。

「しかし甘木、お前は変わった体験ばかりしているな。俺から見れば羨《うらや》ましい限りだ」

青池は目を輝かせている。例によって自分が書く小説の題材にしたいのだろう。甘木は苦すぎるアイスコーヒーを一口飲んだ。

「羨ましがるようなことじゃないよ」

甘木の声が独りでに震えた。大学に入ってから何度か奇妙な出来事に遭遇しているが、今回の件はこれまでと比べものにならない異様さを帯びている。

自分と笹目が遭遇したあの男は一体何者だったのか。正体が何者であれ、ただの人間には思えなかった。「山高帽子」を読ませてもらったのも、何かの手がかりを期待してのことだ。いい小説を読んだ、という感動しか残らなかったが。

「それこそ、内田百間先生に相談すればいいじゃないか」

くぐもった声で青池が言う。アイスコーヒーを飲み終わって、グラスに残った氷を口いっぱいに含んでいた。

「昨日、先生は講義をお休みしていた。お宅にも行ったけれど留守だったよ」

朝から出かけていて、行き先も分からないということだった。緊急の用件でお目にかかりたい、という伝言だけ頼んだ。今日もこれから訪ねるつもりだった。

「その笹目って人はどうしているのかな。本人が言うには、亡くなった芥川龍之介に会ったわけだろう?」

「一昨日は元気だった。げらげら笑いながら市電の終電に乗って帰っていったよ。僕とは反対方向だったし、どこに住んでいるのかは分からないけれど、ひょっとしたら今日『千鳥』に現れるかもしれない。そのせいもあって、君との待ち合わせをここにしたんだ」

市電の停留所で「千鳥」の話をしたら、笹目も大学に在籍していた頃は常連だったという。

「不純喫茶」というあだ名をつけたのも笹目たちだったそうだ。

「あそこの不味いコーヒー、久しぶりに飲みたいもんだ。次の土曜日、仕事が終わったら行ってみるか」

夜中だというのに大声で喚いていた。今日がその土曜日だ。土曜日の勤務は午前中だけの会社が多い。仕事の後で来るとしたら今の時間帯だった。

「なるほど。それじゃ、現れたら話を聞いてみよう。夜道で芥川龍之介に出くわすなんて、一体どういうことなのか確かめたい」

さっきから青池の言葉には微妙な含みがある。甘木はまじまじと友人の顔を見た。

「青池、君は笹目さんが嘘をついていると思ってるのか？」

「いや、違う。額面通りに受け取っていないだけさ。俺は合理主義者だからな」

ちょうど女給の宮子がテーブルのそばを通りかかる。青池は手を挙げて呼び止めようとしたが、彼女は早足で厨房《ちゅうぼう》へ戻ってしまった。苦笑を浮かべて話を続ける。

「笹目さんは相当に酔っ払っていた。たまたま出くわした通行人を見間違えただけってことも十分ありうる。むしろそれを最初に考えない方が不思議だよ。現に相手は芥川先生と呼ばれて返事をしなかったわけだからな」

「でも、笹目さんはお初さんのドッペルゲンガーも見てるんだ」

「最初に見た時、幻覚かもしれないと思ったって本人が言ってたんだろう。答えは出てるじゃないか。この季節に震災で亡くなった人の幻を見るのも、別に珍しい話でもないと思うぜ……宮子さん、ちょっと」

アイスコーヒーの載った盆を抱えて、宮子が厨房から飛び出してくる。どこかのテーブルに持っていくらしい。それと同じのをもう一つ、と青池が大声で注文した。今度は彼女も気付いたようだった。

甘木は顎に手を当てた。あの晩、目にした光景の異様さに影響されすぎていたかもしれない。よくよく考えてみれば、和服姿の男を一晩に二度見かけただけの話なのだ。

「ただ、気になることもある」

青池は声を低めて身を乗り出してきた。

「芥川龍之介は亡くなった年に『歯車』って私小説風の作品を書いている。その中に自分そっくりの男を見かけるくだりがあるんだ。ひょっとしたら似たようなことを実際に体験したのかもしれない」

甘木は息を呑んだ。

「ドッペルゲンガーと会った後に亡くなったわけか」

「それは分からない」

青池はすぐに言葉を返した。

「『歯車』は不安定な心象風景をそのまま文章にしたような内容だからな。他人が自分そっくりに見えただけ、というのが普通の解釈だろう。しかし仮に、芥川が見たものも、お前や笹目さんが見たものも、幻覚の類《たぐ》いでなかったとしたら」

青池はそこで言葉を切る。空になったグラスがテーブルの上に半透明の影を落としていた。

「何か得体の知れない、人間そっくりの人間でないものが、この東京を彷徨《さまよ》っていることになる。これはとんでもない話だぞ」

二人の間に沈黙が流れた。遠くでかすかに消防自動車が鐘を鳴らしている。この暑い中、どこかで火事が起こっているらしい。

「幽霊、ということかな」

甘木は先日頭に浮かんだ考えを口にした。

「いや、もっと恐ろしい怪物だ。お前が見たという芥川は市電に乗って、杖を突いていたんだろう。生きている人間とは違っていても、手で触れるような実体を持っていることになる。だとしたら、人間に危害を加えることだってできるわけだ」

不気味な長身の男が脳裏をよぎって、甘木は背筋を震わせる。そういう可能性は考えてもみなかった。自分たちが目にしたあの男に、そんな意思や目的はないようだったが、実際のところは分からない。

「そんなに不安そうな顔をするな」

取りなすように青池が白い歯を見せた。

「こんなのはただの仮説だ。怪奇現象なんてものは、およそ見間違いか幻覚なんだ。理屈で説明のつかないことなんてまず起こりゃしない。笹目さんという人が来たら、落ち着いて話をしてみようじゃないか」

それでも甘木の不安は消えなかった。以前の彼だったら甘木の言葉に納得していたかもしれない。しかしこの半年、内田榮造先生と付き合いだしてから遭遇したいくつかの事件には、いくら考えても理屈に合わないところがあった。最近ますます強く感じるようになった嫌な気配も、一向に治まる様子がない。今にも何かが堰《せき》を切って飛び出してくるような、不吉な予感がどうしても拭えなかった。

「おまちどおさま」

アイスコーヒーのグラスが、大きな音を立てて青池の前に置かれる。いつのまにかテーブルの横に宮子が立っていた。今日の彼女は和服ではなく、軽やかな緑色のワンピースを着て、腰に白いエプロンを巻いている。少しでも暑さをしのぐための服装なのだろうが、それでも額の生え際に汗をにじませていた。

「今、笹目さんっておっしゃらなかった？　ひょっとして、甘木さんと同じ大学に通っていた方？」

宮子が口を挟んできた。嫌な思い出でも蘇ったように顔をしかめている。

「宮子さんもご存じなんですね。年は二十七、八の方で、陽気な……」

「間違いないわ、その笹目さんよ」

陽気の一言で察しがついたらしい。

「私が働き始めた頃はまだ学生で、ここへ毎日のようにお友達といらしていたの。根は悪い人じゃないんだけど、笹目さんがいるととにかく騒がしくって。特にお酒が入るとねえ」

ふうっと深いため息をついた。仮にも恩師のうちで大の字に引っくり返り、起きたかと思えば空のグラスを放り投げる姿が甘木の脳裏をよぎる。どういう騒ぎがあったのか容易に想像はついた。

「おやおや、俺の噂かい。宮子ちゃん」

短髪でがっちりした体つきの男がひょいと顔を出した。日焼けした体に白い肌着を着て、半袖シャツを肩に羽織っている。大卒の会社員というよりは、道路工事を終えてきた作業員といった風体だった。

「笹目さん、お久しぶりです」

眉間《みけん》に皺《しわ》を寄せながらも、宮子はきちんと頭を下げた。

「こちらこそ久しぶり。宮子ちゃんは大人っぽくなったな。まだここで働いているとは驚きだ。おっと、甘木君じゃないか。この前は楽しかったねえ」

愛想よく話しかけつつ、空いている籐《とう》椅子に腰を下ろした。

「暑い暑い。茹《ゆ》で上がるかと思ったよ」

笹目は青池が追加注文したアイスコーヒーを手に取って、ためらうことなく一息に飲んでしまった。別に酔っていなくても他人の飲み物を横取りする癖があるらしい。

「ふう、それにしても不味い。懐かしい味だ。どうもありがとう」

まったく悪びれない態度に、青池も毒気に当てられた様子だった。

「やあ、初めまして。君は甘木君のご友人かい」

「彼は青池といって、僕の幼馴染《おさななじ》みです」

甘木は呆然としている友人に代わって説明する。笹目はぐいっと首をねじり、団子っ鼻を押し付けかねない勢いで、間近から青池の顔を覗きこんだ。やはり人の顔を覗きこむ癖があるらしい。やがて、口元ににっと深い笑みを作った。

「なるほど。じゃあ、お近づきのしるしに一杯やろうか。宮子ちゃん、ビール三つ。もちろん俺の奢《おご》りで。今、飲んじまった誰かさんのコーヒーの代わりだ」

「駄目。うちは笹目さんにお酒を出さない決まりになっています」

宮子がつんと横を向いた。古い知り合いと話しているせいか、普段よりしぐさや言葉遣いが若々しく見える。

「そりゃ学生時代の話じゃないか。こっちだってもういい年の大人なんだ。酒の席での分別ぐらい心得てるさ」

え、と甘木は声を洩らした。つい二日前の酔態は何だったのだろう。それとも、当人の中では分別があったつもりなのか。笹目は曇りのない眼差しを宮子に向けている。

しばらく間があって、根負けしたように彼女は頷いた。

「仕方ないわね。本当に一杯だけよ」

ワンピースの裾を翻して厨房へ去っていった。よろしく、とひらひら手を振ってから、笹目は甘木たちに向き直る。この先輩とまた酒を飲む羽目になってしまった。

「一昨日は無事に帰れたんですか」

甘木はおそるおそる切り出した。

「もちろん帰ったさ。昨日と今日はちゃんと会社にも行ったんだぜ」

見たところ元気いっぱいで、様子のおかしいところはまるでない。奇怪な体験をした人にはとても思えなかった。

「甘木から聞いたんですが、亡くなったはずの芥川龍之介と会ったんですよね」

ようやく立ち直ったらしい青池が口を開いた。その声には多少棘《とげ》が含まれていたが、笹目は気にしていない様子だった。

「芥川先生ご本人と呼ぶべきかは分からんさ。まあ、限りなくご本人に近い何かだったのは間違いない。決定的に違うところもあったけれども」

「違うところというのは？」

青池が尋ねる。その話は甘木も初耳だった。言葉に迷うように首をひねりながら、笹目は自分の右目を指差して小さな円を描いた。

「こう、目がね、ぐるぐると。分かるかい？」

甘木は青池と顔を見合わせる。まったく分からなかった。

「うまく説明できないな。俺もお目にかかったのはあの晩だけでねえ。残念だよ。色々とお話を伺いたかったのに。お初さんも昨日から姿を見せなくなってきてる。きっと今年はもう終わりなんだろう」

しょんぼりと肩を落としている。甘木は胸をなで下ろしていた。結局、芥川のドッペルゲンガーが出現したのは一昨日だけだ。内田先生に相談するつもりなのは変わらないが、ここ数日の胸騒ぎは単なる取り越し苦労かもしれない。

「おまちどおさま」

お盆を持った宮子がやって来て、なみなみとビールの入ったグラスを置いていく。この暑さの中、泡の立った琥珀《こはく》色の酒はことのほか美味そうに見える。三人のいるテーブルに緩んだ空気が流れた。

「じゃ、乾杯しようか」

笹目はそう言ってグラスに手を伸ばした。

カフェーの扉が開く音を、甘木たちはほとんど意識していなかった。

「いらっしゃい。お一人……」

客を迎える宮子の言葉が途中で立ち消えても、ビールの方にまだ関心を向けていた。

近づいてきた足音が自分たちのすぐそばで止まるまで、三人はまったく異変に気付かなかった。

「おや、おや、おや」

いやに緩慢で抑揚のない声が降ってきた。甘木と青池は反射的に笹目を見る。聞こえたのが彼の声だったからだ。しかし、その口は閉じたままだった。

いつのまにか笹目のすぐ真後ろに誰かが立っている。甘木と青池はのろのろと顔を上げた。短い髪、がっちりとした体付き、肩に羽織った白い半袖シャツ。なにもかも椅子に座っている笹目にそっくりだった。

そこにはもう一人の笹目がいた。

椅子に座っている笹目が、ぎょっと首を回して背後を見る。自分自身の姿を認めて、大きく両目を見開いた。その途端、瓜《うり》二つの両手にがっちりと顔を摑まれた。

もう一人の笹目は身をかがめ、自分自身に顔を寄せ、ごく間近から視線を合わせた。

二人は写真のように動かなくなった。

やがて座っている本物の笹目が小刻みに震え始めた。もう一人が元のように体を起こし、白い歯をむき出して屈託なく笑った。

甘木の全身が総毛立った。これまで目にしていた本物の笑顔と寸分変わらない。

これは笹目のドッペルゲンガーだ。

笹目の分身はぐるりとカフェーを見回す。騒々しい店内で異変に気付いている者は甘木たちだけだった。ドッペルゲンガーの視線は、最初に宮子を、次に青池を、最後に甘木を捉える。

極限まで開かれた黒目の中心には瞳孔《どうこう》がなかった。代わりにごく細い黒糸のようなものが、黒目の中でゆっくりと渦を巻いている。

(目がね、ぐるぐると)

芥川龍之介が描いたという、あの奇妙な絵を甘木は思い出していた。二人の「百間先生」のうち、一人は大きな渦巻きの中に立っていた。もしこの瞳《ひとみ》を間近で覗きこんだら、渦巻きの中に自分の姿が映るだろう。あの絵はそんな光景を描いていたのではないだろうか。

ドッペルゲンガーはテーブルに置かれていたビールのグラスを一つ手に取る。天井にグラスの底を向けるようにして、一息に中身を飲み干してしまった。

それから一瞬の躊躇《ちゅうちょ》もなく、窓の外へ空のグラスを放り投げた。ガラスの砕ける音が響き渡り、甘木は思わず窓の外に目をやった。何十もの透き通った破片が、日の光を浴びてぎらぎら輝いていた。

はっと振り返ると、本物の笹目がいる籐椅子の後ろに、もうドッペルゲンガーの姿はなかった。テーブルを囲んでいるのは甘木たちだけだった。

笹目の体の震えが激しくなっている。白目を剝き、大きく開けた口からは泡を吹いていた。顔には全く血の気がなかった。

「笹目さん」

甘木が腕を伸ばそうとした途端、不意に笹目の痙攣《けいれん》が止まる。体がぐにゃりと椅子から滑り落ち、床の上に倒れこんでいった。

笹目のそばに膝《ひざ》をついた青池が、呼吸と首筋の脈を確かめている。

奇妙に遠いところから、宮子の悲鳴が聞こえてきた。

西日がリノリウムの床に長い影を延ばしている。

夕方になっても病室の温度は一向に下がらなかった。笹目はゴム製の氷嚢《ひょうのう》を額に載せられて、ベッドの上で深い眠りに落ちている。病室には扇風機もなかったので、甘木が枕元に座って病人の顔にうちわで風を送っていた。意識を取り戻したら水を飲ませてください、と看護婦が置いていったガラスの水差しもまだ出番がなかった。

笹目は神楽坂の「千鳥」で倒れ、飯田橋の大きな病院に運びこまれた。診断の結果は重い熱射病だった。一命は取り留めたものの、まだ予断を許さない状態だという。この酷暑の中、長時間外を歩き回っていたせいでしょう、若い人は無茶をしますからね、と年配の医師は釘《くぎ》を刺すように言った。

甘木たちは異を唱えなかった。医師は笹目の身に何が起こったのかを知らない。症状だけ見れば正しい診断なのだろう。自分とほとんど瓜二つの男が現れて、目を合わせたら倒れてしまった——そんな説明をしたところで、頭がおかしくなったと思われるだけだ。

「あいつ、何をしたんだろうな」

青池は震える声で言った。ここへ来てからずっと、隅にある丸椅子から動こうとしない。一人だけ寒い部屋にいるように両肩をしっかり抱いている。

「分からない」

甘木もそう答えるしかなかった。もう一人の笹目の容貌《ようぼう》が頭から離れない。眼球には瞳孔がなく、代わりに細い黒糸のようなものがゆっくりと渦を巻いていた。断じて普通の人間ではない。あれがドッペルゲンガーなのだと甘木は確信していた。

（目がね、ぐるぐると）

笹目の言葉がまた脳裏をよぎる。二日前の深夜、甘木と笹目が合羽坂の近くで出会った不気味な男も、やはり同じ眼球を持っていたのだろう。男の顔を覗きこんだ笹目は、五年前に亡くなったはずの芥川龍之介だと言っていた。

自分たちが何に巻きこまれているのか見当もつかない。はっきりしているのは、人間ではない者が少なくとも二体——笹目と芥川龍之介にそっくりな顔を持つ何かが、この東京を徘徊《はいかい》しているということだけだ。そのどちらにも甘木は遭遇している。もしまた目の前に現れることがあったら。そう考えるだけで恐ろしかった。来訪を防ぐ方法など分からない。自分たちも死の危険に晒《さら》されるおそれがあるのだ。

いつのまにか西日が血を混ぜたような色になっている。甘木は手を止めて立ち上がり、風が入る程度にカーテンを閉める。その途端、病室の扉が激しく叩かれた。

青池が弾《はじ》かれたように立ち上がる。医師や看護婦ならノックなどしない。他のベッドは空いていて、同室の患者がいるわけでもない。

一体誰が、と考える暇もなく、扉が大きく開け放たれた。

麻の背広を着こんだ大柄な男性が、細いステッキを手に入ってきた。白いパナマ草で編まれた夏用の山高帽子を頭に載せている。一応は夏の装いだが、どことなく奇妙だった。

「……先生」

現れたのは内田榮造先生だった。挨拶もせずに真っ直ぐベッドへ歩み寄ると、閉じている笹目の瞼を遠慮なく開けて眼球を確かめた。続いて青池の方へ、最後に甘木の方へ近づき、それぞれの両目を覗きこむ。渦巻きの有無を確認しているのは察しがついた。

甘木たちも先生の大きな目玉を見返すことになる。むろん、そこに渦巻きはなかった。

「全員、違ったか」

先生は安堵《あんど》したようにつぶやいた。

突然、数ヶ月前の光景が甘木の脳裏をよぎった。何かに取り憑《つ》かれたようになった女給の春代を助けた時も、先生はこんな風に彼女の目を覗きこんで、同じような言葉を口にしていた。

そういえば先生はよく他人の目を凝視している。渦巻きがないかを確かめる習慣になっているのかもしれない。

「先生はどうしてこちらへいらしたんですか」

甘木が尋ねる。笹目の勤め先や住所が分からなかったので、入院したことは誰にも伝えていない。

「甘木君がうちへ来たと聞いて捜していたのだ。神楽坂の『千鳥』へ行ってみたら、女の店員がここにいると教えてくれた。名前はなんといったか、普段は派手な和服を着た……今日は珍しく洋装だったが」

「宮子さんですね」

と、助け船を出す。甘木にも事情が呑みこめた。常連客が勤めているからと、この病院に連絡を取ってくれたのは宮子だった。彼女に訊いたのならここへ辿《たど》り着いても不思議はない。

「何があったのか、最初から詳しく話しなさい」

先生は杖を握ったまま、丸椅子の一つに腰を下ろす。一昨日の夜、宴会の後に起こった出来事を知っている甘木が口火を切った。先生は相槌も打たずに耳を傾けている。ただ一度だけ、芥川龍之介の名前が出た時は口元が苦しげに引き締まった。一回り顔が小さくなったようだった。

最後まで聞き終えると、先生はゆっくり立ち上がった。

「私がこの病室へ来るまで、他に訪ねてきた者はいないいな」

甘木と青池は頷いた。

「今、君たちは金を持っているか」

思いがけない質問に甘木たちは顔を見合わせる。二人ともさほど裕福ではない。自宅に帰ればいくらかあるかもしれないが、今は持ち合わせがなかった。正直にそう答えると、先生は財布からよれよれの十円札を二枚取り出す。学生の食費一ヶ月分より多い額だ。それをためらいなく甘木と青池に一枚ずつ握らせた。

「持って行きなさい」

甘木は呆気《あっけ》に取られた。これまで先生から直接金をもらったことなどない。しかも十円も。方々から借金してばかりで、日々のガス代にすら事欠いている先生にとっても相当な大金のはずだ。

「今すぐ東京を離れて、どこかの宿に二、三日身を隠すことだ。絶対に下宿やアパートに帰ってはいかん。誰かに居場所を知らせても駄目だ。これまで行こうと思ったことのない、知り合いのいない土地がいい」

訳の分からない指示だったが、目つきと金額が真剣さを物語っていた。

「一体、どういうことですか」

「連中がここへ来るかもしれん。これを見たんだろう」

人差し指を眼鏡のレンズに近づけて、自分の目を回すようにくるくる渦巻きを描いた。甘木ははっと息を呑んだ。やはり先生はあれが何なのか、どう対処すればいいかを知っているのだ。

「宿に入ってもなるべく部屋から出ず、人と会わないことだ。万が一、誰かが訪ねてきたら一目散に逃げなさい。くれぐれも相手と顔を合わせないように」

講義の時と同じように、先生は一言ずつ区切るように言う。甘木たちが意味を考えている間、夕暮れの病室が静まり返る。笹目の息遣いだけがかすかに聞こえた。

「笹目さんや芥川先生のドッペルゲンガーが、僕らを追ってくるということですか」

青池が声を震わせた。

「それなら、まだましというものだ」

と、先生は答える。

「やって来るのは、君たち自身かもしれん」

青池の顔が紙のように白くなる。今、目を覗きこまれた時に察するべきだった。笹目のドッペルゲンガーが現れたのだ。自分たちにも同じことが起こるかもしれない。

「自分の分身と長く目を合わせると命が危ない。ドッペルゲンガーに会うと死ぬと言われているのはそういうことだ。この笹目と同じような目に遭う」

名前が出た途端、眠っている笹目の眉間に皺が寄った。悪い夢でも見ているのかもしれない。そそくさと立ち上がった青池が、学生鞄《かばん》を肩にかけて学帽もかぶった。甘木にも荷物を手渡して、急いで出ようと目で促している。

「笹目さんは大丈夫なんでしょうか」

甘木は後ろ髪を引かれる心地で言った。ここを立ち去ることに抵抗がある。

「君たちの話を聞く限り、分身の目を見たのは長い時間ではない。そのうちに回復するはずだ」

先生の口ぶりに違和感を覚えていた。まるで古くからの知り合いのようにドッペルゲンガーについて語っている。

「どうして先生は、ドッペルゲンガーのことをそんなにご存じなんです」

そう尋ねた途端、先生は薄い氷を踏んだように体を強張《こわば》らせる。血走った目で甘木を睨《にら》みつけた。

「いいからすぐにここを出るんだ」

低い怒声を浴びせられて、甘木たちは棒立ちになった。力を使い果たしたように、先生は肩で息をする。

「後のことは私がどうにかする」

青池に引きずられるようにして、甘木は病室を出た。

尋ねたいことはいくらでもあったが、残ったところで先生は答えてくれそうにない。もちろん、自分そっくりのドッペルゲンガーにも遭遇したくなかった。

「お前の言う通りだった」

長い廊下を歩きながら、青池は弱々しくつぶやいた。せわしなく首を回して前後を確かめている。怪しい人影を警戒しているのだろう。

「なんの話だ」

「こんなのは確かに羨ましがるようなことじゃない。俺は心底恐ろしいよ」

さっき「千鳥」で青池の言ったことを思い出す。「お前は変わった体験ばかりしているな。俺から見れば羨ましい限りだ」。合理主義者の彼は初めて怪異の恐怖を味わったのだ――いや、甘木もここまではっきりと怪異に直面したことはない。漠然と感じていた嫌な気配が、ついに現実のものになってしまった。しかし、不思議と甘木は友人ほど怯《おび》えていなかった。来るべきものが来た、という諦観《ていかん》めいた感覚が強い。

静まり返った病院を出ると、飯田橋の通りは賑《にぎ》やかだった。きっと近くの神楽坂へ遊びに行くのだろう。夜が近づいてきている。

まずはタクシーを拾って東京駅へ向かうつもりだった。道路に身を乗り出すようにして、「市内一円」の看板を掲げたタクシーが通りかかるのを待つ。東京駅に着いた後は夜行列車に乗って東京を離れる。先生の言う通りにすれば自分たちは安全なのだろう。

甘木は病院の建物を振り返る。

(先生は大丈夫だろうか)

これまでどんな怪異に遭遇しても先生は頼りになった。普段は周囲に無関心な顔をしているが、いざとなると思い立ったように駆けつけて事態を収めてしまう。今日も甘木たちを助けてくれたわけだが、これまでと違って様子が切羽詰まっている。あんな風に感情を露わにするのも珍しかった。

「甘木、何をしてるんだ。早く乗れ」

友人の声で我に返る。いつのまにか黒いタクシーが路肩に停まっていた。青池が呼び止めたようで、もう後ろの座席に収まっている。

「君は一人で行ってくれ」

そう言って音高くドアを閉めた。目を丸くした青池が、開いた窓から顔を出してくる。

「馬鹿を言うな。どうするつもりなんだ」

「先生に話がある」

私がどうにかすると請け負っていたが、ドッペルゲンガー相手に一体何をどうするつもりなのか、きちんと話を聞きたい。もし先生一人の手に余るようなら、少しでも力になるつもりだった。

しばし迷ってから、青池はおずおずとドアに手をかけた。彼も降りるつもりらしい。甘木は外からドアを押さえて首を振る。先生の話を聞きたいのは自分だけだ。叱られるのも自分だけでいい。怯えきった友人まで危険な目に遭わせるつもりはなかった。

「話が済んだら僕もすぐに出発する。約束するよ」

事情によっては留《とど》まるつもりだということは伏せていた。発車しますよ、と運転手に急《せ》かされて、青池はようやく座席に体を沈めた。彼を乗せたタクシーは東京駅の方角へ走り去っていく。

一人になった甘木は病院の建物へ入った。妙に落ち着いた、さっぱりとした気分で廊下を進み、笹目のいる病室のドアを開ける。

ますます赤みの増した夕日が、窓からまっすぐに射しこんできた。先生は山高帽子をかぶったまま、ベッドのそばに立って患者を見守っている。異変が起こった様子はない。ほっと胸をなで下ろした。

「甘木君か」

眼鏡が夕陽を浴びていて、先生の表情はよく分からない。ただ、拍子抜けするほど声は優しかった。

「ここで何をしている」

「先生の言いつけ通り、東京を離れるつもりだったんですが、やっぱりどうしても気になることがあって、戻ってきてしまいました」

開口一番で叱られなかったことに勢いを得て、甘木は早口気味に喋った。

「何が気にかかるんだね」

「さっきも伺いましたが、先生はなぜドッペルゲンガーにお詳しいんですか」

しつこいと怒鳴りつけられるのを覚悟していたが、先生は枕元の丸椅子に腰を下ろしただけだった。物思いに耽《ふけ》るように、ベッドの患者を眺めている。笹目はうっすらと目を開けていた。意識ははっきりしていないようだが、多少は回復してきたのかもしれない。

「なぜ君は、私が詳しいと考えている？」

甘木は面食らった。先生からこんな風に質問されるとは予想していなかった。ひょっとすると試されているのかもしれない。

「どうしても何も、対応をよくご存じじゃないですか。一度会ってしまったらどうするべきか……きっと、これまで先生ご自身が何度もドッペルゲンガーに遭遇なさっているんでしょう」

そこまで答えた時、ある考えが閃《ひらめ》いた。震災記念日に先生が連れていたという年下の女性。

「ひょっとして二日前……九月一日に神楽坂の『千鳥』へ一緒に行った女性は、長野さんのドッペルゲンガーじゃないんですか」

宮子は先生の妻だと思ったようだが、先生自身は妻を連れていたと一言も口にしていない。九月一日に震災記念堂へ行った笹目がお初さんのドッペルゲンガーを目にしているなら、同じ場所に行った先生が彼女に会っても不思議はない。

「なるほど、あの女の店員に聞いたんだな」

俯いている先生の口元に、苦笑めいたものが浮かぶ。

「名前はなんといったか、普段は派手な和服を着た……あの日も今日も珍しく洋装だったが」

「宮子さんですね」

呆れながら助け船を出す。さっきも名前を教えたばかりだが、憶える気もないのだろう。すぐに追い出される心配はなさそうだったので、甘木は近くの椅子に腰かけた。

「死んだ長野君が現れたのだとしたら、幽霊と呼ぶべきではないかね。ドッペルゲンガーなどではなく」

甘木は乾いた唇を湿らせた。

「両者は同じものじゃないでしょうか。ドッペルゲンガーと出会った人が亡くなった後も、ドッペルゲンガーがこの世に現れるとしたら、それは幽霊と変わりません」

笹目が言ったことの受け売りだったが、実際に起こっていることとかけ離れていない確信はあった。

「確かに私は人間の分身というものをよく見知っている。相当に身近なものだと言っていい」

先生は俯いたまま、独り言のようにつぶやく。今までは怪異との関わりについて言葉を濁すばかりで、こんな風にはっきり認めたことはなかった。今まで知らなかった、先生のより深い部分に触れた思いだった。

「長野さんとは『千鳥』で何を話したんですか」

本来、九年前に亡くなった人と話せるはずがない。我ながら奇妙な質問だと思ったが、もはや甘木たちは常識から外れたところにいる。

「ろくに話はできなかった。あの長野は生前の……つまり、本体の記憶をほとんど持っていないのだ。分身というものは同じ外見を持っているが、精神の方はその限りではない。同じ記憶を持っていても、人間への害意を持つ者までいる」

甘木の頭に浮かんだのは「千鳥」に現れたもう一人の笹目だった。あのドッペルゲンガーは笹目本人と強引に目を合わせていた。あれも害意だったのだろうか。

「なぜドッペルゲンガーというものが、この世に現れるんですか」

「そんなことは知らんよ」

先生はにべもなく答えた。

「分身の側だって理由は分かっていない。そういう現象があるだけだ。この世の理《ことわり》は案外不安定で、乱れやすいものなのだろう。文学を志す者の一部が頭をおかしくして、おかしな文章を書き始めるようにな。一人しかいないはずの人間が、もう一人いる間違いも起こりうる」

「それじゃ、ドッペルゲンガーを見ると死ぬというのは……」

「頭のおかしい者が文章を直そうとしたところで、かえって間違いは増える。正しい箇所を消し、間違えている箇所を残してしまうのだ。分身に会った人間は死に、分身の方はこの世を徘徊することになる」

小説家らしく文章を書くことに結びつけているが、甘木には理解が追いつかなかった。先生が自分の考えに興奮していることだけは伝わってくる。

「神仏がおかしくなって、この世も乱れるということでしょうか」

甘木はおそるおそる尋ねる。我ながら神仏という言葉に現実味が全くなかった。

「分からん。私の知ったことではない」

ばっさりと切り捨てられた。

「とにかく、些細《ささい》なきっかけで理は乱れる。乱れはさらなる乱れを呼び、誰かの分身を見た者は自分の分身も生んでしまう。その分身が徘徊して、また別の分身を生むのだ」

甘木は言葉を失った。ドッペルゲンガーはドッペルゲンガーを生み続ける――まるで伝染病だ。今、直面している現象の恐ろしさを改めて実感した。

「だとしたら、世界はドッペルゲンガーだらけになってしまうじゃありませんか」

「そうはならん。これが難しいところだ」

赤々とした斜陽に満ちた病室で、興に乗ったように先生は人差し指を立てた。細い棒のような影が白い壁に形づくられる。

「一度現れた分身は数日で姿を消す。理を乱す方に働く力があれば、乱れを治める方に働く力もある。平たく言えばおかしくなった文章を校正する者がいるわけだ。それによってこの世は秩序を取り戻す」

甘木は先生をしげしげと眺める。なぜか照れ隠しのように顔を伏せている。いや、本当に照れ隠しなのだろうか。

「それは先生ご自身のことですか」

理の乱れというのは、ドッペルゲンガーのような怪異を指すのだろう。乱れを治め、秩序を取り戻す。怪異を熟知している先生が、その役割を担っているのではないだろうか。

「違う。私は逆だ。馬鹿だな、まだ気付かんのか」

笑いを含んだ声で叱りとばされた。甘木の中で戸惑いが膨らんでくる。先生の話が今日はまるで理解できない。煙に巻かれている気さえする。考えあぐねているうちに、細い針のような違和感が胸を刺した。

(あの日も今日も珍しく洋装だったが)

先生には宮子の名前を二度教えた。他人に無関心なのは珍しいことではないが、宮子について話した内容が言葉遣いまでほとんど同じなのは奇妙だ。

いや、微妙に違っているところもあった。

(今日は珍しく洋装だったが)

一度目は確かにそう言っていた。長野初と「千鳥」へ行った二日前も宮子は洋装だったはずだ。なぜあんな言い方をしたのだろう。むろん、たまたま触れなかっただけかもしれないが、だとしても少し引っかかる。

その時、壁の高いところに甘木の目が留まった。先生の黒い影が落ちている上の方に、荷物をかけるための小さな鉤《かぎ》がいくつか並んでいる。

そのうちの一つに、白い山高帽子がかかっていた。

ぞっと甘木の全身が総毛立った。目の前にいる先生も、そっくりの白い山高帽子をかぶっている。珍しい帽子をかぶった誰かが、もう一人この病室へやって来ているのだ。

その誰かは今どこにいるのか――いや、もっと大事なことがある。

さっき甘木たちと言葉を交わし、金を渡してくれた先生は間違いなくいつもの先生だった。両目を確かめても異常はなかった。では今、ここにいる先生はどうなのか。

甘木は病室に戻ってから、まだ一度もこの人の目を見ていない。

音を立てないように椅子から腰を浮かせる。その気配を察したように、先生がすっと顔を上げて甘木と目を合わせた。

夕陽を浴びたレンズに遮られていた両目を、今度こそはっきり見ることができた。黒い細糸のようなものが、眼球の中でゆっくりと渦を巻いている。甘木と青池が病室を出ていった後なら、本物の先生と入れ替わる機会もあった。そういえばドッペルゲンガーをよく見知っていると言っていた。相当に身近なものだとも。

自分以上に身近な存在などいない。

「やっと気付いたようだな」

先生のドッペルゲンガーは歯をむき出して笑った。


この病室から逃げなければならない。

甘木は自分にそう言い聞かせたが、両足には全く力が入らなかった。両目を除けばドッペルゲンガーは本物と何も変わるところがない。今の今まで先生だと思いこんでいたせいか、向かい合っている相手が人間でないことがうまく呑みこめない。

普段親しくしている相手に、自分が失礼な勘違いをしている気さえする。

「そんなに怯えなくてもいいだろう。君を取って食ったりはせんよ。もう少し話をしていきなさい」

ドッペルゲンガーは気安い態度を崩さなかった。先生そのものの声に、再び椅子に腰を下ろしそうになる。

「君には我々のことをよく知ってもらいたい。今の私が一番信用している学生は君のようだから」

今の私、というのは本物の先生を指しているようだ。少しずつ甘木の頭が回り始めた。確かに危害を加えてくる気配はない。だとしたら、今の状況を理解するためにも話を引き出すべきかもしれない。事実かどうかは別にして、この相手は甘木の問いに答え続けている。

「本物の先生はどちらですか」

つい敬語で尋ねてしまった。

「私が来た時にはいなかった。今は席を外しているようだ」

嘘はついていない気がする。この病室で自分のドッペルゲンガーに遭遇したのなら、笹目のように昏倒《こんとう》しているはずだ。ここには今、本物の先生の姿はない。

「ここへ何をしに来たんです」

相手は膝に両手を置いて、亀のように顔を前に突き出した。異形の両目が甘木を凝視している。あの渦巻きを見てはならない。下を向いて視線を逸《そ》らした。

「君は本物の内田榮造のことを案じているんだろう。笹目の分身が本物にやったように、私が奴に危害を加えるとでも思っているのか？」

心を読んだようにずばりと言い当ててくる。首筋から汗が噴き出してきた。

「馬鹿げた考えだ。危害など加えるものか。私は自分の望むことをしているだけだ。奴とは協力し合う関係にある」

協力とはどういう意味だろう。

首をかしげていると、麻の背広を着た中年の男性が病室に入ってきた。白い山高帽子がないことを除けば、ベッドのそばに座っている男とほぼ同じ姿をしている。彼はまず甘木の姿を認め、両目を覗きこんでくる。渦巻きの有無を確認されたようだ。みるみるうちに血相が変わっていった。

「何をしに戻ってきた。すぐに行けと言ったろう」

怒声を浴びせられる。目を合わせるまでもなかった。今度こそ本物の内田先生だ。

「そう叱る必要もあるまい。甘木君はお前を心配して戻ってきたようだぞ」

丸椅子に座っていた分身が、くつろいだ調子で語りかける。そちらを向いた先生は、汚穢《おわい》にでも触れたような顔をした。ドッペルゲンガーは口元に笑みをたたえたまま、片手で自分の両目を隠した。

「おい、私の顔をじっと見ない方がいい。分身と顔を合わせたらどうなるか、お前はよく分かっているはずだ」

わざわざ目を隠しているあたり、本当に先生への害意はなさそうだった。ドッペルゲンガーからの指摘が腹立たしかったのか、先生は忌々《いまいま》しげに舌打ちする。二人の様子は初対面でないことを物語っていた。

「今回、お前は誰と顔を合わせている?」

先生は冷ややかに尋ねる。今回、という言葉が耳に残った。先生のドッペルゲンガーはこれまでに何度もこの世に現れているのだ。おそらく言葉を交わすのも一度や二度ではない。

「二日前、長野くんとは神楽坂の店に入った。例の『千鳥』とかいう」

「店に入った? まさか店員に声をかけたのか」

「ああ、もちろん。お前も顔を知っている女の店員だ」

先生の眉が吊《つ》り上がる。甘木は一つ疑問が解けた気がした。二日前、長野初の分身と一緒に「千鳥」へ入ったのは本物の先生ではなかった。ドッペルゲンガーの方だったのだ。席まで届けられた山高帽子を持ち帰らなかったのも、自宅に帰るわけではなかったからだろう。宮子の服装について受け答えに齟齬《そご》があったのもそのせいだ。

「話しかけてはいないが、芥川の姿もちらちら見かけた。私が憶えているのはそれぐらいだな」

芥川の名前が出た時、先生の肩がぴくりと震えた。

「私が尋ねているのは生きている人間だけだ。顔を合わせたのは甘木君とあの店員だけか」

「そんなところだ。私に関してはな。いつもと状況が異なるのは、そこに寝ている笹目のせいだ。私は大したことをしていない」

打てば響くようにドッペルゲンガーは答える。先生がさらに問いを重ねようとした時、ごつり。

杖を突く鈍い音が外から響いてきた。半ばカーテンの引かれた窓の外は、狭い中庭になっている。もう西日は建物に遮られて、濃い影の中に沈んでいた。申し訳程度に花壇があるだけの庭に、長い棒のような人影が一つ立っていた。

真新しいカンカン棒をかぶり、杖を握りしめた和服姿の男。真っ先に反応したのは本物の先生だった。

「芥川」

名前をつぶやきながら、窓の方へよろよろと近づいていく。窓枠に両手を突いたまま、それ以上の言葉を発しなかった。喉にものがつかえているように、青ざめた顔で大きく口を開けているだけだ。話しかけることを恐れている様子だった。

しばらくすると、芥川龍之介の分身は再び歩き出した。足を引きずるように建物の角を曲がり、甘木たちの視界から消えた。

突然病室のドアが閉まり、甘木は文字通り飛び上がった。ベッドのそばの椅子にドッペルゲンガーの姿がない。こちらの注意が逸れている間に出て行ったのだ。廊下から顔を出してみたが、もう誰の姿も見当たらなかった。

病室に残っているのは生きている人間だけになった。

「なぜ私の言ったことに従わなかった」

元通りドアを閉めると、先生の厳しい声が飛んでくる。ドッペルゲンガーの方がよほど打ち解けていたが、甘木にとってはこういう不機嫌さこそ先生らしく思える。

「後はどうにかするとおっしゃっていましたが、先生が何をするつもりなのか気になって。お話を伺いに来ました」

「君に話す必要などない」

「でも、僕は先生のお手伝いがしたいんです。ご一緒させてください」

甘木は頭を下げる。手伝いと言ったところで何ができるのかは分からない。けれども、今の先生を置いて自分だけ東京を離れる気にはならなかった。

先生はすぐに返事をしなかった。ただ、迷っている気配は伝わってくる。再び口を開いた時には、多少語気が柔らかくなっていた。

「私にも大したことができるわけではない。自分か他人かは問わず、誰かの分身と遭った者にしばらく身を隠すよう注意して回るだけだ」

「ドッペルゲンガーはしばらく経つといなくなるんですよね」

「そうだ。なぜかは分からんが、ここにいた私の分身もいつも数日で消える」

長野初が現れるのも毎年短い間だけだと笹目も言っていた。ドッペルゲンガーの特性なのか、あるいは本当に乱れを治める力が存在しているのかもしれない。

「先生がドッペルゲンガーを消しているんじゃないんですか」

窓際にいた先生がゆっくりと振り向いた。黒い影がべっとりと顔に貼りついている。

「違う。私は逆だ」

弱々しくつぶやいた。ドッペルゲンガーが口にした言葉と同じだ。逆とはどういう意味かを尋ねる前に、病室のドアが静かに開く。甘木より少し年上の、笹目と同年代らしい細身の男が立っていた。この暑さの中、皺のない紺の背広をきちんと着こんでいる。それなりの地位に就いた人物のようだ。

「こんばんは、先生」

上等そうな中折れ帽を脱ぎ、涼やかな声で挨拶する。聞き覚えのある声だった。以前、どこかでこの人と言葉を交わしている気がする。

「うちに連絡をいただいたと聞いて参りました。本当ですか、笹目が倒れたというのは」

「ああ、そうだ。入ってドアを閉めてくれ」

男は言われた通りにすると、落ち着いた物腰でベッドに近づいてくる。

「笹目は無事でしょうか」

「あまり無事とは言えんな。今のところ命に別状はないが」

「一体、何があったんです」

白い山高帽子の隣に自分の帽子をかけながら、男は先生に尋ねた。

「それは言えん」

先生はにべもなく答える。男は気を悪くした様子もなく、そうですか、と軽く頷いた。

「ところで、こちらの彼は」

と、甘木の方に目を向ける。

「今、本科二年の甘木君だ。私がドイツ語を教えている。甘木君、こちらは多田君といって、笹目と同期だった男だ。近くに住んでいるので来てもらった」

先生が手早く紹介を済ませ、甘木たちも互いに挨拶を交わす。多田という名字には先生の家で何度か耳にしている。芥川龍之介が描いたという奇妙な似顔絵を先生から預かっていた人物。笹目と同じく先生が昔教えていた学生で、甘木にとっては大学の先輩にあたるわけだ。

「今、思い出したよ。甘木君には一度会ったことがあるね」

多田が特徴的な声を響かせた。

「去年、合羽坂で僕に話しかけてきただろう。内田榮造先生のお宅はどこですかって」

その指摘に甘木も思い出した。夏目漱石の背広にまつわる騒ぎがあった直後、初めて先生の家を訪ねた日だ。先生の家の場所を教えてくれた身なりのいい紳士、それが目の前にいる多田だった。そういえばあの時、先生は多田の訪問を受けたようなことを言っていた。

あの時はお世話になりました、と甘木は礼を言った。大したことじゃないと軽く手を振って、多田は先生に向き直った。

「それで、僕は何をすればいいでしょうか」

「私は用があって一、二時間席を外す。戻るまで笹目についていてくれ。看護婦と医者以外は誰もこの部屋に入れてはいかん。できるだけドアも開けない方がいい」

ドッペルゲンガーを警戒しての指示だと甘木には察しがついた。

「分かりました」

怪訝《けげん》そうな顔をしながらも、多田は事情を問いただささなかった。壁に掛かっていた白い山高帽子をかぶってから、先生は横目で甘木を見た。

「甘木君は好きにしなさい。私に付いてくるのもよし、ここに残るのもよし」

「ご一緒します」

自分で思っていたよりも大きな声が出た。そのつもりでここへ戻ったのだ。先生はふんと軽く鼻を鳴らした。笑ったのかもしれない。

「先生の用事というのはなんですか」

「神楽坂の『千鳥』へ行く」

ステッキを手に取った先生は、甘木に顔を寄せて小声で付け加えた。

「何度か電話をかけたが話し中だった。あの店員の無事を確かめたい」

ぶるっと甘木の体が震える。出前の注文を受けていない「千鳥」では、電話はあまり使われることがない。受話器が外されているのかもしれない。

「では、行ってくる」

廊下へ出ていく先生に付いていこうとした時、甘木君、と背後から呼び止められた。

「なんでしょうか」

多田を振り返ると、血の気のない顔を強張らせている。そういえば、甘木が一緒に行くと言った時から様子がおかしかった。

「少しでも危ないと思ったら、逃げた方がいい」

多田は声を低めて囁いた。もちろんそうするつもりだったが、多田の言葉には続きがあった。

「たとえ君一人でも、逃げるべきだよ。自分の命を優先するんだ」

病院の建物を出た甘木は、先生と並んで神田川にかかる橋を渡った。日の落ちた濠端の通りを早足で歩いていく。多田の言葉が甘木の中で尾を引いていた。一人でも逃げるべき——いざとなったら先生を置き去りにしろ、という意味にしか取れない。そんなことを口にする人物にはとても思えなかった。

「多田さんとはよくお会いになっているんですか」

「卒業してから七、八年経つが、色々あって今も繫がりが深い。私の教えた学生の中でも特に真面目で、信用の置ける者だ」

先生が多田を信頼していることも、多田が先生に敬意を抱いていることも確かに見て取れた。だからこそ、多田の忠告の意味が分からない。

「芥川先生が描かれたという先生の似顔絵は、普段多田さんが預かっているんでしたね」

先生は決まりの悪そうな顔をした。

「そういえばうちに来た時、君もあの絵を見ていたな」

渦巻きの中に立つ内田先生が描かれた絵。「百間先生邂逅百間先生図」という題が添えられていた。

「あの絵は先生のドッペルゲンガーを描いたものじゃないんですか」

濠端の柳がさわりとそよぐ。二人分の足音とステッキの音が嫌に大きく響いた。

「まあ、君になら話してもいいだろう」

先生は低くつぶやく。通りすぎる自動車のライトが、青白い顔を一瞬だけ照らしていった。

「もう五年以上前になる。仕事の話をするために芥川と出版社へ行った時、彼が遊びでペンを執った。『内田君の小説から受ける印象を絵にしよう』と言って。あれを描き上げた後、突然真顔になって私に告げたのだ。『この前、君のドッペルゲンガーに会った』と。最初は何かの冗談かと思った。それまでの芥川なら、決して言わないことだったからな」

「どういうことですか」

甘木は尋ねる。先生は喉の詰まりを飛ばすように咳払《せきばら》いをする。話せば長くなるが、と前置きして、それからおもむろに語り出した。

「若い頃から、私は奇妙な体験をしてきた。断片的な正夢を見たり、その場にいない者の声を聞いたり、気配を感じ取ったりする程度のことだが。芥川は私のそういう話にことのほか興味を抱いて、熱心に聞きいっていたものだ。自分の作品の題材にしたかったのだろう。私と同じように怪談めいた話を好んでいた。

不思議と私たちはうまがあった。私は芥川にとって一番の親友だったわけではないが、それでも私たちの間でしか語られなかったこと、通じなかった話が沢山ある。

芥川はよく私に言っていた。

『君のことは僕が一番よく知っている。他の誰も君の本当のことは分かっていない』」

甘木は青池に読ませてもらった『山高帽子』という先生の小説を思い出した。精神の均衡を失いつつある友人が、主人公に語ったことによく似ている。実際にあったことを反映していたのだろう。

「けれども私たちにはどうしても意見を異にすることがあった。芥川は私の奇妙な体験を、本当にあったことだとどうしても認めなかったのだ」

「それじゃ、なんだとお考えだったんですか」

「単なる私の妄想や幻覚だと受け止めていた。『君の頭はおかしいよ。正気のつもりでおかしなものばかり見ている』と笑っていたものだ。『君には世間一般の常識と異なる、君なりの秩序がある。それはある種の狂気だ。だからこそ、人とは違うものを書ける』……そんな風に褒めてくれていた」

先生は懐かしむように遠い目をしている。あまり褒めているように聞こえなかったが、それこそ先生たちだけに通じるニュアンスがあったのかもしれない。

「そんな芥川は年を経るにつれて、少しずつ様子がおかしくなっていった。仕事や家のことで悩みがあったようだ。いつ会っても憔悴《しょうすい》した様子で、眠れないからと無闇に睡眠薬を飲み続けていた。

私の方でも、遭遇する怪異に変化が起こり始めていた。夢の中や気配だけに留まっていたものが、次第にはっきりした姿を取るようになってきたのだ。自分そっくりの分身もたびたび見かけるようになった。関東大震災で知り合いが何人も亡くなると、その傾向はさらに強まった」

甘木たちは濠端の交差点を離れ、夜店の並ぶ神楽坂に足を踏み入れる。人の行き来が多く、怪異などとは縁遠い喧噪に満ちている。「千鳥」まではもうすぐだった。

「その頃、私は方々からの借金を抱え、今以上に生活の苦しい時期だった。芥川の言う通り、自分の頭は変なのかもしれないとも思った。自分そっくりの分身を見ることもあると話すと、芥川は私よりも怯えきっていた。

『正気を失いつつある君がドッペルゲンガーのような怪異を妄想し、それがさらに君の正気を失わせている。自らの生み出した大きな渦巻きに飲みこまれているようなものだ』と」

甘木の脳裏に奇妙な連想が閃いた。渦巻きと聞いて思い浮かぶのはドッペルゲンガーのあの目だった。もしこの怪異が先生の妄想によって生み出されたものだとしたら。

(違う。私は逆だ)

先生とドッペルゲンガーの声が耳の奥で二重に響く。その連想の行き着く先にあるものを、甘木は慌てて振り払った。想像するだけでも恐ろしい。全身の毛穴からどっと汗が噴き出していた。

「芥川はこうも言っていた。

『何より恐ろしいのは、君が自分の狂気に懊悩することなく、怪異を目のあたりにしても平気な顔をしていることだ。僕にはとても真似ができない。もし自分の前にドッペルゲンガーが現れたら、僕はどうなってしまうか見当もつかない』

元来、芥川は冷静で理知的な男だった。だからこそ正気を失うことを何より恐れていた。ドッペルゲンガーの出現がその兆しだと考えていた節がある」

ようやく話が最初に繋がった。そんな芥川が「君のドッペルゲンガーに会った」と告げた——理知的な芥川が怪異と出会い、自分が正気ではないと認めたということだ。

「芥川先生は、それまでご自分で怪異を体験されたことはなかったんですか」

「そうだ。だからこそ、ことさら怯えていたのだろう。しかし、私は深刻に受け止めなかった。その頃はまだ私の分身もうろうろしているだけで、誰かに話しかけることもなかった。実際、芥川とも顔を合わせただけで帰ったそうだからな。

他人の分身を見た者が、自分の分身を見るようになるという法則にも気付いていなかった。これを機に芥川も怪異が実在することを受け入れればいいと思っただけだった。

『いいことじゃないか。そうしたら君も、これまで以上に人とは違うものを書けるだろう』と、私はからかった。励ましのつもりだった。その時は芥川も笑っていたから、ひとまず片が付いたように思っていた。しかし」

不意に坂の途中で先生は立ち止まった。夜遊びに行くらしい、芸者を連れた中年男がその背中にぶつかりそうになる。通りすぎながら舌打ちを浴びせていったが、先生が気付いた様子はなかった。周囲の喧噪も気にかけず、虚ろな目を手元のステッキに向けている。

「それからしばらくして、暑い最中に芥川は死んだ。昼も夜も睡眠薬を飲み続けたのだ。葬式の日も、うだるような暑さだった。私はぼんやりしたまま参列し、杖を忘れて帰ってきた。帰るまでそのことに気付かなかった」

いきなり杖が話に出たことに戸惑った。先生にとっては大事な思い出らしい。

「今、お持ちのステッキがそれなんですか」

「いや、これとは別のものだ。気に入っていた品だったが、ついに見つからなかった」

夢から覚めたように、先生は再び歩き出した。少し足取りに力が戻っている。

「私は暑さのあまり芥川が死んだのだと思うことにした。深い意味など考えても仕方がないのだと。しかし、別の可能性があることも知っている。私の分身が芥川のもとへ行き、芥川の分身を生むことで死に追いこんだのだ。長野にも同じことが起こったのかもしれん。私の分身はこの世に人間の死をばら撒《ま》いている」

その言葉は甘木の胸に突き刺さった。ついさっき彼が頭から追い払った想像と同じだ。先生のドッペルゲンガーが現れたのは関東大震災よりも前、つまり長野初が自分の分身に遭遇し、死に至る前ということだ。彼女のところにも先生のドッペルゲンガーが現れていたとしたら。先生と同じ姿を持つあの怪物は、気安い調子で先生の近しい人たちを訪ね回っているのかもしれない。

「なんのために、そんなことを」

甘木の声が震える。あの分身は先生に害意はないとはっきり言っていた。しかし本当に害意がないなら、先生から知己を奪うような真似をするはずがない。あの言葉は嘘だったということだろうか。

「知らんな。奴からも聞いたことはない」

先生は他人事《ひとごと》のように答え、先に立って狭い路地に入っていく。甘木の背筋を冷たいものが伝った。芥川が指摘したように、先生は平気な顔をしているように見える。自分の分身が人を死に追いやっていたら、普通はもっと苦悩するものではないだろうか。

いや、周囲に見せていないだけで、胸の内には何かを抱えているのかもしれない。そうでなければおかしい。

「……おかしい」

甘木の内心に呼応したように、先生が低くつぶやいた。「千鳥」の看板がかかったレンガ張りの建物はもう目の前だった。

「何がおかしいんですか」

「人通りがない」

甘木は路地を見回した。大きな通りから外れたとはいえ、神楽坂界隈《かいわい》は東京有数の歓楽街だ。しんと静まり返っているのは確かに異常だ。けれども「千鳥」はいつも通り営業中で、煌々《こうこう》と点いた明かりが窓の外に洩れていた。

そこだけ異常のないことが、かえって異常に感じられる。

「入ってみよう」

先生はためらいなく入り口の扉を開けた。あちこちに観葉植物の置かれた南国風のカフェーはそれなりに賑わっている。テーブルも半分ほど埋まっていた。宮子はどこだろうと目で捜すうちに、思いがけない人物を壁際の席に見かけた。半袖のシャツを着た若い男が、一人で文庫本を読み耽っている。

（青池？）

東京を離れたはずの友人が、なぜかここでくつろいでいる。ページに目を落としたまま、手探りで引き寄せたグラスからアイスコーヒーを一口飲んだ。

おい、と声をかけようとした甘木の肩を先生がつかんだ。

「待つんだ。その隣を見ろ」

青池のいるテーブルの奥の席では、二人連れの男女が向かい合っていた。髪が短く、がっちりとした体つきの男には見覚えがある。甘木は自分の目を疑った。

椅子に座っているのは笹目だった。

病院で眠っている彼がここで談笑しているはずがない。ということは、あれは笹目のドッペルゲンガーだろう。あれだけ怪異に怯えていた青池が、そのそばに座っているのもありえない。あの青池も本物の人間ではないのだ。

笹目と向かい合っているのは、ほっそりした小柄な女だった。人妻らしい丸髷に涼しげな青い竹縞の単衣《ひとえ》がよく似合っている。姿勢よく背筋を伸ばした彼女は、笹目に似た者の話に耳を傾けていた。

甘木はごくりと唾《つば》を呑みこんだ。

「先生、あの女の人は……」

「長野君だ」

先生が低く答えた。この店には人間でない者たちが集まっている。改めて店内を見回すと、客がいるわりに静かだった。聞こえてくるのは葉ずれのような囁き声ばかりで、話の内容は全く分からない。あるいは意味のある言葉など、誰も発していないのかもしれなかった。

「おそらくこの店にいる全員が人間ではない」

先生の声も緊張を帯びている。

「これほど多くの分身が生まれているとは思わなかった」

病院で話した先生の分身は「私に関しては」人間とほとんど接していないと言っていた。しかしドッペルゲンガーは一人ではない。他の者が人間と接していれば、新たなドッペルゲンガーが生まれてしまう。

これから何が起こるのか、甘木は不安を抱いた。万が一、人ではない何かがこのまま増え続けていくとしたら。数日で消えるというのもこれまでそうだっただけで、今回も消える保証があるわけではない。

「あら、先生と甘木さん。いらっしゃい」

耳慣れた大きな声がして、甘木たちは同時に振り返った。緑色のワンピースにエプロンを身に着けた宮子が、空のグラスの載った盆を抱えている。彼女はいつも通りに働いているようだ。

「空いている席へどうぞ。お飲み物は何になさいます？」

「いえ、飲み食いに来たんじゃありません。宮子さんは」

無事でしたか、という質問が最後まで出なかった。

彼女の眼球の中でも、細い渦巻きがゆっくり回っていた。

「本物の店員はどこにいる」

先生が鋭く尋ねる。

「ああ、あの人なら……」

ドッペルゲンガーが厨房を振り向いた途端、

「あら、先生と甘木さん。いらっしゃい」

緑色のワンピースを着た宮子がもう一人現れた。ドッペルゲンガーと服装は全く同じだが、なぜか青い色眼鏡をかけている。淡い色のレンズ越しに黒い瞳が見えていた。本物の宮子だった。

彼女が抱えている盆の上にはアイスクリームの器が載っている。啞然とする甘木たちの前を通りすぎて、長野初に似たものの前にアイスクリームを置いた。

「お待たせしました」

どう見ても普段通り働いている。いつもと全く変わらない調子で、甘木たちに向かって語りかける。

「空いている席へどうぞ。お飲み物は何に……」

「一体、何をやっているんですか」

声を殺して甘木が尋ねる。

「この店が今、どういう状態なのか分かっていますよね」

宮子も笹目のドッペルゲンガーに遭遇している。ここにいる者たちが人間でないことは彼女も知っているはずだ。

「私が頼んだのよ」

宮子のドッペルゲンガーが片手を自分の胸に当てる。まるで手柄を自慢するようなそぶりだった。

「お客が多くて人手が足りないから、あなたも手伝ってくれないかしらって」

すると、本物の宮子もその隣で全く同じポーズを取った。甘木の頭が混乱してくる。

「私が本物の店員なんだから、そう言われたら断れないでしょう。注文が一段落するまでって条件で引き受けてあげたの」

「いや、普通は断りますよ。どうして引き受けるんですか」

「とにかくお席へどうぞ」

「宮子さん！　ふざけている場合じゃ……」

甘木は声を張り上げたが、先生に肘《ひじ》で突かれた。店内にいるドッペルゲンガーたちが、いつのまにか甘木たちに渦巻きの目を向けている。ぞっと背筋に震えが走った。注目を集めるのは危険だ。先生が空いているテーブルに腰を下ろし、甘木も仕方なくそれに従った。

「その色眼鏡は何だね」

先生はしかめっ面で本物の宮子に尋ねる。

「先生がさっきおっしゃったでしょう。もし怪しいものが現れたら、目を見ないようにしなさいって。だから目を見ないようにこれをかけているんです」

両手を眼鏡のつるに添えて、真顔でかちかち動かした。

「それでは効果がないってずっと言っているでしょう。レンズ越しに目が見えてしまっているじゃない」

呆れ顔のドッペルゲンガーに注意されている。この分身からは「本体」への害意が感じられない。だからといって信用するわけにはいかないが。

「それで、ご注文は何になさいます?」

ドッペルゲンガーの方が注文を取ろうとする。甘木は黙っていた。こんなところで飲み食いする人間などいるものか。

「あら、先生はきっとアイスクリームを召し上がるわよ。こんなに暑い日ですもの」

本物の宮子が口を挟んでくる。まさか飲み食いをさせる側に回るつもりなのか。

「ちょっと宮子さん……」

慌てて甘木が口を挟もうとすると、ドッペルゲンガーが何か思いついた様子だった。

「それなら、甘木さんの分もお持ちした方がいいかしら。結局いつも先生と同じものを注文なさるでしょう」

「いい判断ねえ。あなたも分かっているじゃない」

本物が分身を肘で小突く。二人の宮子の間で勝手に話が進んでいる。先生は渋い顔のままだが、口を開こうとはしなかった。

「それじゃ、アイスクリーム二つ、お持ちしますね」

二人の宮子が同時に頭を下げ、踵《きびす》を返して厨房へ戻っていく。姉妹のように打ち解けた姿は、かえって気味が悪かった。

「どうして何もおっしゃらなかったんですか。まさか本当にアイスクリームを食べるおつもりじゃないでしょうね」

甘木は厳しい声で言った。

「あの女給の首に縄を付けて連れ出すわけにはいかんだろう。騒ぎを起こせば連中の注意を惹《ひ》いてしまう。かといって、ただ待っていても手持ち無沙汰だ」

先生は落ち着き払って答えると、ハンカチで額の汗を拭った。もっともらしい理屈を付けているが、暑い中を急いだせいで喉が渇いているだけではないだろうか。アイスクリームは先生の好物の一つで、「千鳥」に来ると必ずと言っていいほど注文している。

「でも、長居するのは危険でしょう」

「確かにそうだな。今のところここにいる連中は大人しいようだが、騒ぎを起こす者が来ればどうなるか分からん。そうなる前にあの女給を連れて退散しよう」

騒ぎを起こす者というのは先生自身のドッペルゲンガーだろう。今はここにいないにしても、緊迫した状況であることに変わりはない。だとしたら、無理にでも宮子を連れて逃げ出すべきでは——。

「お待たせしました」

そこへ本物の宮子が二人前のアイスクリームを、音高くテーブルに置いた。

「なるべく早く仕事を終わらせなさい」

先生は重々しく釘を刺したが、いそいそとスプーンを手に取る姿には説得力がない。もう少しですから、と宮子は愛想よく答えて立ち去った。甘木も仕方なくアイスクリームを食べ始める。

この分ではいつ宮子を連れて「千鳥」を出られるか分かったものではない。先生は人心地が付いた様子で、冷たい氷菓子に頰を緩めている。

(たとえ君一人でも、逃げるべきだよ。自分の命を優先するんだ)

多田の忠告が頭をよぎった。もちろんそんな真似が甘木にできるわけがない。不吉な予感が彼の胸を騒がしていた。すぐにここを出なければならない。直感がそう告げている。今にも外から恐ろしいものが足を踏み入れてきてしまう——そう思った途端、本当に「千鳥」の扉がゆっくりと開いていった。

甘木たちはスプーンを置いて同時に立ち上がる。店に入ってきたのは先生と同じ服装をした、白い山高帽子とステッキを突いた眼鏡の男だった。

「よくここまで来てくれた。嬉《うれ》しいよ」

先生のドッペルゲンガーが言った。視線を合わせないようにするためか、両目をしっかりと閉じている。そうしていると本物との見分けが付かなかった。

「私は嬉しいと思わない」

本物の先生が素っ気なく応じる。そこへ宮子がエプロンを外しながら厨房から現れた。もうここに留まる理由はなくなったわけだが、先生のドッペルゲンガーは出口に立ったまま動こうとしなかった。

ドッペルゲンガーは目を閉じたまま、甘木のいる方に顔を向けていた。

「お前には話しかけていない。甘木君に言ったのだ」

甘木は目を丸くした。自分の名前が出てくる理由が分からない。その戸惑いを嗅《か》ぎつけたように、ドッペルゲンガーは黄ばんだ歯を見せた。

「病院でも話したように、私は自分の望むことをしている。つまり、そこにいる内田榮造のために行動しているのだ」

そういえば甘木にそんなことを言っていた。つい聞き流していたが「自分」というのは本物の先生という意味だったのだ。

「先生のために一体何をしているというんですか」

この分身は先生の周囲をうろついて、人間を死に追いやろうとしているだけだ。非難をこめたつもりだったが、相手は全く動じなかった。

「甘木君」

と、ドッペルゲンガーは言った。

「内田榮造という男は、要するに怠惰なのだ」

「え？」

思わず聞き返してしまった。甘木の反応に満足した様子で、ドッペルゲンガーは言葉を継いだ。

「よい文章を書きたいという志を持っているが、見知っていること、身の回りのことしか題材にできない。自分の幼稚な感情や欲求こそ、この男の最大の関心事なのだ」

アイスクリームの器を指差して、ドッペルゲンガーは鼻の先で笑う。先生の器だけ空になっていた。

「だから、今もつまらない食欲に足をすくわれる。取り返しのつかない失敗を犯すわけだ」

本物の先生は顔色を失い、舌も奪われたように呆然としている。怪異に出会うと頼りになるいつもの先生とは別人だった。

「そういう人間だからこそ、死んだ知り合いを題材にすると良い文章を書く。君も『山高帽子』は読んだだろう。芥川をモデルにした小説は多いが、その中でも出色の出来だ。

『僕は君を一ばんよく知つてるよ。君のお母さんや奥さんよりも、僕の方がよく知つてるよ。君の本當《ほんとう》の氣持がわかるのは僕だけだよ。ああすればいいとか、あれだから駄目だとか、いろいろ君の事を傍《はた》から云つたつて、君にはさうは行かないのだ』

特にあそこはなかなかの名文だよ。恩人の芥川を容赦なく材料にしただけのことはある」

「やめろ」

蚊が鳴くように先生が呻《うめ》いた。分身がさらに声を張り上げてその抗議をかき消す。

「長野初についてもいずれ書くつもりだ。実際、その構想も持っている。お前は故人の思い出を書き連ねる名人なのだ。芥川が死んだ時にも思っただろう。このことを必ず文章にすると。その結果、あの世の芥川に恨まれても仕方がないと」

「やめろ！」

耳を聾《ろう》するほどの大声で先生は叫んだ。その背中が発作のように震えている。店の中にいたドッペルゲンガーたちが一斉に話をやめて、甘木たちに視線を向けた。何十もの渦巻きが一つの大きな渦になった気がした。

「文章を書かせるために、先生のお知り合いを死なせるんですか」

やっとのことでそれだけ尋ねる。甘木の声も震えていた。

「そのつもりだ」

先生の分身は当然だと言わんばかりに大きく頷いた。

「どこまで私の力が及ぶのかは分からん。長野や芥川は放っておいても死んだかもしれんな。いずれにせよ、文章の題材は多い方がいい」

突然、ドッペルゲンガーが両目をかっと開けて、二つの渦巻きを甘木に向ける。冷たい手で心臓を摑まれた気分だった。いつのまにか席から離れていた青池と笹目のドッペルゲンガーが、甘木の体を両側からしっかり挟みこんで身動きを奪う。抵抗する間もなかった。

先生のドッペルゲンガーの背後、扉の向こうに広がる暗闇から、人影が一つぽかりと浮かび上がる。扉から入ってきたのは中肉中背の若者だった。どこを取ってもとらえどころがない曖《あい》昧《まい》な容姿、すれ違ってもまず記憶に残りそうもない顔立ちは、毎朝甘木が鏡の中に見出《みいだ》しているものだ。

現れたのは甘木のドッペルゲンガーだった。

相手は距離を詰めてきて、本物の彼の顔をしっかりと摑んだ。限界まで見開かれた両目の中に、糸のような渦巻きが見える。甘木はその動きから目を離すことができなくなった。引きずりこまれるように、渦巻きが視界いっぱいに広がっていく。

「やめろ……離さんか」

本物の先生が声を震わせながら、甘木たちの間に割って入ろうとする。しかし、ドッペルゲンガーを引き剝《は》がすことはできなかった。

「内田榮造よ、甘木君が死ねば、お前はきっと良い文章を書くだろう」

ドッペルゲンガーの哄笑《こうしょう》が耳に突き刺さった。

「こんなことを私が望んだ憶えはない……甘木君を離せ」

一方で本物の先生の声は奇妙に弱々しい。明日《あした》死ぬ老人のようにしわがれていた。渦巻きに引きずられて、辺りの光景もゆっくり回転を始める。蒼白《そうはく》な先生の顔も、空になったアイスクリームの器も輪郭を失っていった。

「他人の死を食い物にする以外、お前は何の取り柄もない男だ。文章家として大成したいなら、私に従うのが一番だぞ。私という存在がなければ、お前は幼稚なこだわりのために、ただ周囲に不義理を重ねる、救いがたい阿呆《あほう》でしかない」

勝ち誇っているドッペルゲンガーに、甘木の苛立《いらだ》ちが募ってきた。自分の命が危険に晒されていることよりも、先生が好き勝手に侮辱されていることの方が気に食わなかった。

「若い頃から文学を志してきたが、その年で何の成果も残せていない。あちこちで変人だ偏屈だと嘲笑《あざわら》われ、方々に借金を抱え、自分の家族に対しても……」

「うるさい！」

信じられないほどの大声が甘木の喉から出た。大きな渦巻きが止まり、視界が元に戻ってくる。目の前にいるもう一人の自分も、周囲にいる他のドッペルゲンガーたちも、困惑したように動かなくなっていた。

「お前は本当に先生のことを分かっているのか？」

自分の分身の肩越しに、甘木は先生のドッペルゲンガーに向かって叫んだ。問われたのがよほど意外だったのか、相手は口を半開きにしたまま何も答えなかった。

「先生は確かに変わった人だ。偏屈で、無愛想で、わがままで、金にもだらしない」

数日前、笹目が口にしていた先生への人物評をそのままなぞってしまった。傍らにいる本物の先生が顔を顰《しか》めている。

「もちろん、それは褒められたことじゃない。でも、それを含めて先生なんだ。僕も含めて、周りからは案外そういう個性ごと好かれていて……」

我ながら何を言っているのか分からなくなってくる。ドッペルゲンガーは鼻でせせら笑った。

「それがどうした。君の言葉は凡庸そのものだな。甘木という名にふさわしい。個性とやらにまるで縁のない、人から注目される才能もない、何者でもない君に何が分かるというのだ」

図星を指された羞恥《しゅうち》なのか、それとも怒りなのか、甘木の頬がかっと熱くなった。

「それでも僕はお前よりも先生をよく知っている」

大きく息を吸いこんだ彼は、考えるよりも早く言葉を口にしていた。

「他人から注目される気遣いがないからこそ、他人を見ることだけに集中できるんだ！」

この「千鳥」で初めて話しこんだ晩、先生から言われたことの受け売りだった。大事なところで自分の言葉が出てこないのは、まさに甘木が凡庸だからだろう。しかし、そういう人間にしか分からないこともあるのだ。

「人が亡くなったことでいい文章が書けるなら、先生はもっと些細なことでもいい文章が書けるはずだ。借金の苦労でも、好きな食べ物でも、好きな電車に乗ることでも……」

「私が好きなのは汽車だ。電車ではない」

本物の先生がぼそりと口を挟んだ。

「じゃあ汽車について書けばいいでしょう！　やめて下さいよ、こんな時に」

話の腰を折られて、甘木はふっと息をついた。先生のドッペルゲンガーは無言を保っている。

甘木たちを無視するように首をねじ曲げて、背後の暗がりに目を凝らしている。

「どこを見ているんだ」

と、甘木が尋ねる。

「もう時間がないようだな……甘木君」

柔らかな猫なで声でドッペルゲンガーが語りかける。その口調にもかかわらず、これまでにない怒りや苛立ちが滲《にじ》んでいた。

「どうやら、君の存在は私たちに害をなすようだ。ここでいなくなって貰いたい」

そう言うやいなや、大股《おおまた》に甘木の方へ近づいてくる。

「いかん！　やめろ！」

本物の先生が切羽詰まった声で叫んだ。それをきっかけにしたように、周囲のドッペルゲンガーたちも甘木に殺到した。この中にいるもう一人の自分と目を合わせてはならない。必死に瞼を閉じようとしたが、無数の指にこじ開けられた。必死に甘木を助け出そうとする先生の背中が真っ先に見えた。

逃げて下さい、という呼びかけが口から出ない。舌が凍りついたように動かなかった。抑えつけていた恐怖が胃の奥から溢《あふ》れてきていた。もう逃げられそうにない。どこかで宮子の悲鳴も聞こえる。もみくちゃにされて視界が回り、手も足もどこを向いているのか分からなくなった。

ごつり。

地面を杖で叩く音が響き渡った。縛《いまし》めが解け、甘木は周囲を見回した。ドッペルゲンガーたちは一斉に動きを止め、扉の先にある路地を見つめている。

暗がりからゆっくりと現れた人影が「千鳥」に足を踏み入れた。

和服とカンカン帽を身に着けた、芥川龍之介のドッペルゲンガーだった。

ステッキの石突きが再び鈍い音を立てる。すると甘木を捕らえていた者たちが一人ずつ店の外へ出て行く。席に座っていた者たちも音もなく立ち上がり、同類の後を追っていった。

自分が助かったと分かるまでしばらく時間がかかった。甘木は和服姿の男を見つめる。このドッペルゲンガーに助けられたのだ。

ちっと舌打ちが小さく聞こえた。最後まで残った先生の分身が、壁際に後ずさりをしている。何かもの言いたげだったが、もう一度芥川の分身が杖を鳴らすと、苦々しげに白い山高帽子をかぶり直した。

「今回はここまでだ。これで乱れは治まる」

そうつぶやきながら外へ出て行った。

「しかし、いずれ私は戻ってくるぞ。お前たちも承知しているように」

先生と甘木に向けた言葉が、路地の暗がりから流れてくる。店内に残っているドッペルゲンガーは一人だけになった。相変わらず俯いたまま、誰とも目を合わそうとしない。この分身がどういう存在なのか、甘木にもやっと分かった気がした。

「……芥川」

先生がおずおずと名前を呼んだ。相手は無言のまま向きを変え、「千鳥」の外へ出て行った。生温かい風が吹き抜けて、扉がゆっくりと閉まる。

がらんとした店内には甘木たち三人だけが立っていた。悪夢でも見ていた気分だった。たった今までこのカフェーに、人間ではないものがひしめいていたとはとても信じられない。我に返ったように、宮子がグラスや皿を片付け始めた。

ドッペルゲンガーたちが通っていった扉を、先生は穴が空くほど見つめている。

「大丈夫ですか」

甘木が声をかけたが、先生の反応はなかった。ひとまず宮子を手伝おうとした時、先生は乱暴に「千鳥」の扉を開け放って、矢のように飛び出していってしまった。


甘木は神楽坂の路地を歩き回って、先生の姿を捜している。

宮子一人を置いていくのは気がかりだったが、「私より先生の方がよっぽど様子が変だから」と送り出してくれた。相変わらず人の姿は路地に見当たらない。知らない街に迷いこんでいる気分だった。

板塀に挟まれた細い坂を上ると、市電の線路が敷かれた広い道路へ出る。よく知っている大久保通りのはずだが、前後を見渡しても自動車は一台も走っていない。歩いている人も見かけなかった。土曜の夜にこの界隈が閑散としていることなど考えられない。

夜の向こうから甲高いベルの音が聞こえてきた。交差点の向こうから市電の明かりが近づいてくる。ふと、少し先の停留所に十数人の男女が列を作っていることに気付いた。

見知った顔がいくつも交じっている。つい何分か前まで「千鳥」にいたドッペルゲンガーたちだった。

その列の最後尾には和服とカンカン帽の男が立っている。市電を迎えるように、一人だけ他の者たちとは反対の方を向いていた。

(乱れを治める方に働く力もある)

先生の分身が口にしていたあの言葉。理の乱れを治めるのは先生ではなかった。あの芥川の分身だったのだ。ドッペルゲンガーたちがこの世に現れると、彼がどこかへ連れていく。行き先は見当もつかないが。

なぜ彼がその役を担うようになったのかは分からない。けれども先生の分身が、先生の周囲に死を振り撒こうとしていることと無関係ではないだろう。もしあのドッペルゲンガーに芥川本人の記憶が残っているなら、友人の分身の行いを止めようとしても不思議はない。

緑色の市電が停留所に停まった。人の姿を持った者たちが整然と乗りこんでいく。うっすらと黒い汚れをかぶった、板張りの車両には見覚えがあった。数日前、先生の家へ行く時に乗ったものによく似ている。そういえば、最初に芥川の分身を見かけたのはあの市電の中だった。

ほとんどのドッペルゲンガーが市電に乗りこんでいき、停留所に立っているのは和服姿の男一人になった。

「芥川!」

通りに叫び声が響き渡った。甘木がやって来たのとは別の路地から、内田先生が姿を現していた。もつれそうな足取りで停留所に駆け寄っていく。甘木も慌てて二人との距離を詰めた。動き出す気配のない市電のそばで、先生は膝に手を突いて芥川の分身と向かい合った。

「これまで何度、私の周囲に現れても」

先生は肩で息をしながら、途切れ途切れに語りかけた。

「私に話しかけてこないのは何故だ」

相手は無言のまま俯いている。先生の唇がぴりっと震えた。

「私たち二人の間には確かに交友があった。それを憶えているのは、こちら側ではもう私しかいない。芥川ならこれを知っている、芥川ならきっと話が通じる、そう思っても語る相手がもういない。私には君との語らいをよすがに、生き長らえている時期さえあったのだ」

そろそろと背筋を伸ばし、覚悟を決めるように深い息を一つついた。

「本当に私の分身が、君を死に追いやったのか？」

先生の声ははっきりと湿った。それでも返ってくるのは沈黙ばかりだった。痛みに耐えかねたように、先生は歯を食いしばる。

「答えてくれ、芥川。もしそれが事実なら、私に恨み言の一つでもあるだろう。臆面《おくめん》もなく君との交流を種に文章を書いて、もとより君には恨まれても仕方がないと思っていた。私相手なら何を言っても構わない。だから口を開いてくれ」

りんと市電のベルが鳴った。芥川の分身は昇降口の方を向いて、ゆっくりと歩を進めた。先生が慌てたようにその後を追う。

「私相手でなくても、ご家族や友人たちに伝えることはないのか。毎年君の命日には大勢が集まって君を偲んでいる。そのうちの誰かに言いたいこともないのか」

必死に訴える先生の姿が、甘木の胸を衝いた。芥川の分身はそれにも応じず、地面を離れてステップを上がった。昇降口の上で向きを変え、先生と向かい合う形になる。しかし、顔を上げる気配はなかった。

「せめて私の顔を見ろ。一度ぐらい目を合わせていけ、芥川！」

最後の方は悲鳴に近かった。けれども相手が応じることはなかった。甘木はその理由に察しがついていた。人間と顔を合わせれば、そのことが新たなドッペルゲンガーを生んでしまう。先生の分身も戻ってきてしまうかもしれない。

先生を守るために、そうしているのだ。

ふと、芥川の分身はステッキを掲げると、その握りを先生に見せた。丸い握りにまで節の入った竹の杖。先生はあっと口を開いた。

「それは、私の杖じゃないか」

涙まじりの声でつぶやいた。芥川の葬式に参列した先生が忘れていったという杖。

芥川の分身は、その杖をずっと携えている。

ベルが二度、甲高い音を立てた。車輪を軋ませて市電が走り出す。先生は強く唇を嚙《か》みしめたまま、両目から透き通った涙を流している。

顔を隠すこともしなかった。背筋を伸ばして直立し、遠ざかる市電のライトを見送っていた。やがて市電は緩いカーブを曲がり、音もなく甘木たちの視界から消えていった。

長い間、二人ともただそこに佇《たたず》んでいた。どのぐらい経ったのか、ふとあたりを見回すと、ライトを点《とも》した自動車がひっきりなしに行き来している。停留所にも次の市電を待つ乗客が何人か立っていた。

通りはいつもの姿を取り戻していた。

先生は停留所から離れて、飯田橋の方角へ歩き出した。笹目のいる病院へ戻るのだろう。甘木も黙ってその後を追う。市電に乗っていけば早いはずだが、そうするつもりはないようだ。甘木としても異論はない。付き合いたい気分だった。

「借金だの、食べ物だの、列車だの」

前を向いたまま、先生は吐き捨てるように言った。

「そんなものについて書いて、本当によい文章になると思うのかね」

さっき甘木がドッペルゲンガーに切った啖呵《たんか》のことを言っているらしい。甘木は慌てて頷いた。

「はい。先生なら……きっと」

先生独特のものの考え方、捉え方を活かした文章を、少なくとも甘木は読んでみたかった。

「きっととは何だ。無責任じゃないか」

文句を言いながらも、唇の端には笑みが漂っている。意外に乗り気なのかもしれない。

ふと、先生の顔が引き締まった。

「そういえば、君もあの市電のそばにいたな。私の後を追って迷いこんだのか?」

「いいえ」

戸惑いながらも首を振った。

「走り回るうちに、気が付いたらあの道路にいたんです」

「つまり自力であの場に来たということか」

「ええ……まあ、そういうことになりますね」

言葉の意味がよく呑みこめないまま、甘木は頷いた。

「甘木君」

と、先生が低い声で言った。

「最近、妙な気配を感じることはないか。人影もないのに誰かが近くにいるような、得体の知れない誰かに見られているような」

「あります」

甘木は即答した。先生も日々同じことを感じているのだろう。そう思うと親近感が増した。

「いつからだね」

「『千鳥』の春代ちゃんの騒ぎがあってからです。もう半年近くになりますか」

先生の目がなぜか大きく見開かれた。

「もっと早く確かめるのだったな」

先生はため息まじりのつぶやきを洩らした。

「今後、大学の講義以外で、私に話しかけてこないように」

「はい……えっ？」

うっかり頷いてしまってから、甘木は自分の耳を疑った。

「どうしてですか」

「君は私の言い付けを破っている。東京を離れなかった」

確かにそうだったが、今さらどうしたのだろう。先生もそれを承知の上で甘木の同行を許したはずだ。

「私の家にも二度と訪ねてくるな」

「先生、一体何を……」

質問を重ねようとして、肩越しの冷たい一瞥《いちべつ》に動けなくなった。

「付いてくるのは、ここまでで結構」

そう言い残して、先生は早足に歩き出す。甘木は通りに立ちつくし、遠ざかっていく背中を見送ることしかできなかった。


「……なるほど」

甘木から全ての話を聞き終えると、多田は腕組みをしたままそうつぶやいた。

考えを整理するように、しばし目を閉じる。甘木はアイスコーヒーを一口飲んだ。

先生から絶縁を言い渡された翌々日の午後、二人は「千鳥」のテーブルで向かい合っていた。

ドッペルゲンガーはあれから現れていないが、怪異の影響はまだ残っている。徐々に回復してきているものの、笹目は今も病院で療養中だ。東京を離れた青池はまだ帰ってきていない。宮子は表面上いつもと変わりなかったが、心身ともに疲れてはいるようだ。今日は仕事を休んでいる。

「先生があんなことをおっしゃったのは、僕を気遣ってのことなんでしょうね」

振り返ってみると、甘木が気配を感じるようになったと言った途端に先生の態度が変わった。先生に拒絶されて、我ながら驚くほど衝撃を受けていた。人好きがすると言えない変わり者の先生が、思いがけず大きな存在になっていたのだ。

「まあ、そうだろうね。自分と関わっていたら、そのドッペルゲンガーというやつにまた狙われるおそれがあるわけだから。それに……」

多田は形のいい眉を寄せて言い淀《よど》む。

「なんでしょうか」

甘木は先を促した。

「文章のために君を見捨てそうな自分が恐ろしい、そういう気持ちもどこかにあるのかもしれない」

「まさか。何をおっしゃるんですか」

甘木は気色ばんだ。先生がそんなことを考えるわけがない。

いや、本当にそうだろうか。「千鳥」でドッペルゲンガーがその話をした時、先生は明らかに動揺していた。甘木が死んだらどんな文章を書くか、そんな考えがちらりとでも先生の頭をよぎらなかったと本当に言えるだろうか。

「でも結局、先生は僕を見捨てませんでした」

「そうだね。先生はそんな方ではない」

多田は目を伏せてコーヒーを飲んだ。自分で反論したにもかかわらず、甘木の中では疑念がくすぶり続けていた。先生が動揺を鎮めたのは、甘木がドッペルゲンガーに言い返した後だ。「先生はもっと些細なことでもいい文章が書ける」——もし、あの啖呵がなければどうなっていただろう。

「実はさっき、先生のお宅に伺ったんだ」

ふと思い出したように多田が言い、大きな封筒を鞄から取り出した。中身を見せてもらうと、例の芥川龍之介が描いたという「百間先生邂逅百間先生図」だった。

「先生のご希望で、また僕が預かることになったよ」

「どうして先生はこれを多田さんに預けているんですか」

「支払いが苦しい時、手元にあると売り払ってしまいそうで、不安なんだと思うよ。先生は借金の名人だからね」

冗談めかして答えてから、多田はふと真顔になった。

「他に理由があったとしても知らない。僕は先生に頼みごとをされても、詳しい事情をお尋ねしないことにしている。先生が胸中深く秘めておられることに深入りしないのが、長く付き合う秘訣《ひけつ》だと思っている」

多田は灰皿を引き寄せて、ゆっくりと煙草に火を点けた。その先を話すべきか、迷っているように思える。紫煙をふっと吐き出して、多田は再び口を開いた。

「僕や笹目の同期で、君のように先生と親しくしている学生がいた。伊成《いなり》という男で、先生は彼と連れ歩いては、二人で怪しげな騒動を治めることもあったようだ」

甘木と先生の関係によく似ているが、引っかかることもある。先生の口からそんな学生の話を一度も聞いたことがない。

「その伊成さんは今、どうしているんですか」

「亡くなったよ。大学を卒業してすぐに」

自分の顔がぎゅっと縮こまった気がした。

「もともと肺に持病を抱えてたそうだけれど、大学に入ってしばらくは元気に見えた。卒業する前の年から、急に体調を崩すようになってね。とても残念だった」

病気以外の理由を疑っていることは、声の調子で伝わってきた。持病を抱えていたが、大学に入ってからは元気だった——中学時代に病気療養していた甘木と奇妙に似た境遇だ。その学生が再び体調を崩したのは在学中、つまり先生と一緒に行動していた時期ということになる。

おそろしい想像が甘木の頭をよぎった。顔も知らないその学生が、もう一人の自分と鏡写しのように向かい合っている姿。

先生のドッペルゲンガーは、既に学生を一人死に至らしめているのではないか。

そして先生も、そのことを承知しているのではないか。

もちろん真相は分からない。けれども今はそれを確かめる気にはなれなかった。先生の周りでは、本当に多くの人が亡くなっている。

「少なくともしばらくは距離を置いた方がいい。先生もそれを望まれていることだしね……機会があればまた行き来もあるだろう」
多田の声が奇妙に遠くから響いた。
開いた窓から冷たい風が吹きこんでくる。季節が変わろうとしていた。

第四話

春の日

伊成はまどろみながら夢を見ていた。

はっきりした順番も脈絡もなく、夜の市街をふらふらと彷徨《さまよ》っている。赤や青の広告燈に彩られたビルディングがそびえ、広い大通りを信じられない数の自動車が行き交っている。道路から地下への階段を降りていくと、プラットフォームに電車が滑りこんでくる。

知らない都市のようでいて、ところどころに見覚えがある。着飾った男女で賑《にぎ》わう狭い坂に差しかかった時、ふとそこが神楽坂だと気付いた。

(どうやら、東京みたいだな)

坂を上りながら考える。夢だから現実そっくりでなくても不思議はないが、それにしても伊成の知っている東京とはずいぶん違う。別世界のように発展しているし、何より関東大震災の爪痕《つめあと》が全く見当たらない。

大正十二年の大地震から、まだ二年あまりしか経っていないのに。

いつのまにか伊成は路地裏にあるカフェーの前にいる。学生時代に友人たちと通っていた、料理は妙に美味《うま》いがコーヒーの不味《まず》い店だ。窓ガラス越しに覗きこむと、中年の客がテーブルの前で山高帽子を脱ぐところだった。唇をへの字にした仏頂面に懐かしさがこみ上げてきた。去年まで在籍していた大学で、誰よりも親しくしていた恩師だ。

「内田先生」

思わず呼びかけたが、相手には聞こえなかったようだ。椅子に腰かけた先生は、パーマネントをかけた女給に何か注文している。この時間、この店に来たならビールとカツレツで間違いない。学生時代、伊成はしょっちゅう御馳走《ごちそう》になっていた。

先生の正面には学生服の客が一人いる。これといった特徴のない、ぼやけた顔立ちの平凡な大学生で、伊成には誰なのか分からない。彼と同輩の者ではないようだ。二人の様子が気になって、もっと窓に顔を近づけようとする。

途端にどこかから飛んできた新聞紙がぴたりとガラスに貼り付いた。誰かに目隠しでもされた気分だ。汚れた紙面に目が吸い寄せられる。それは号外だった。先日誕生された皇太子殿下のお名前が「明仁《あきひと》」に決まったという内容。

「號外《ごうがい》」という文字の下には日付がある――昭和八年十二月二十九日。

昭和。

馴染《なじ》みのない元号を口の中でつぶやいた途端、伊成はぱちりと目を開けた。

いつものように離れの座敷で布団の中にいる。柔らかな日射しが障子越しに畳まで伸びていた。午後二時を指した壁の柱時計の下に、日めくり暦《カレンダー》がかかっている。

今日は大正十四年の四月五日。

昭和などという元号は、この世に存在していない。

半身を起こした途端、胸の底からごぼりと濁った咳《せき》が湧いて出た。手拭《てぬぐ》いを引き寄せて口を覆う。呼吸が落ち着いてから布地を確かめると、五銭銅貨ほどもある鮮血の染みができていた。苦笑しながらしげしげと手拭いを眺める。おはよう、と挨拶《あいさつ》したい気分だった。喀血《かっけつ》は毎日会う家族のようなものだ。

さほど遠くない先に、死が待っていることを伊成は承知していた。

初めて肺を病んだのは十六の年だった。両親が手を尽くして療養させてくれたおかげで、一度は奇跡的に快癒した。市ヶ谷にある私立大学に進学し、神楽坂界隈《かいわい》で騒々しい学生生活も満喫したが、その無理が祟《たた》ったのかもしれない。一年ほど前、もう少しで卒業というところで結核が再発してしまった。

内臓のあちこちに結核菌が巣くっているというのが医師の見立てで、回復が望めるかについては口ごもっていた。余命はおそらく半年か一年か、二年より長いということはない。以前発病した時と同じように転地療養を勧められたが、伊成は首を縦に振らなかった。どうせ死ぬなら生まれ育った実家がいい。母屋から渡り廊下を隔てた離れに寝床を移し、天井を眺める日々が続いていた。

元々この離れは家の者が寝起きする場所ではなかった。料理屋を営んでいる両親が、上客をもてなすために設《しつら》えたものだ。離れに肺病患者が寝込んでいて、客商売に障りのないはずがない。それでも同じ敷地で快く療養させてくれている家族に、伊成は深く感謝していた。万が一にも感染しないよう、この部屋には近づかなくていいと皆には申し渡している。毎日顔を合わせるのは古くからの女中だけだ。

　正しい判断だったと今でも思っている。とはいえ――。

「退屈だったらありゃしねえ」

　つい愚痴がこぼれる。陰気な療養生活はもともと性に合わない。正直、話し相手は欲しかった。しかし家族も遠ざけているのに、赤の他人とそうそう面会するわけにもいかない。友人知人の見舞いもほとんど固辞していた。

「そんなに退屈かね」

　はっと声の方を見る。伊成のいる布団の足元、廊下との間境にある障子を背にして、一人の中年男があぐらをかいていた。ついさっきまで伊成だけだった離れに、いつのまにか客が来ていたらしい。古びてはいるが仕立ての良さそうな背広を着て、眼鏡の奥で大きな目玉を光らせている。さっき夢の中で見たばかりの顔だった。

「先生でしたか。驚かせないで下さいよ」

　伊成はにやっと笑いかけて、布団の上から軽く頭を下げる。内田榮造先生。去年まで通っていた大学ではこの先生からドイツ語を教わっていた。講義が終わってからも先生の自宅を訪ねたり、二人で連れ立って出かけたりと一緒に過ごすことが多かった。振り返ってみると、同輩たちと同じ――いや、それ以上に親しくしていたかもしれない。

　見舞い客はほとんど固辞しているが、この先生だけは例外だった。師弟の間柄では強く断りにくかったせいだ。たまにふらりと現れて、伊成と他愛もない軽口を叩《たた》き合って帰っていく。

深刻なやりとりにならないのはありがたかった。

「いつの間にいらしたんですか。声ぐらいかけたらどうなんです」

「声はかけたが、君は眠っていた。仕方なくこうして待っていたのだ」

よく見ると先生の顔は赤らんでいる。膝《ひざ》の前に朱塗りの膳《ぜん》があり、清酒の瓶と杯が置かれていた。伊成が眠っている間、一杯やっていたらしい。

「ご機嫌そうで何よりですね。寝ている病人の横で酒盛りですか」

「皮肉を並べるものじゃない。ここに座っていたら、この家の者が勝手に注いできたのだ。昼間から飲みたくはないが、せっかくの酒を無駄にもできんじゃないか」

しかめっ面で弁解しながら、勢いよく杯を空けている。感染の危険があっても訪ねてくれる先生を、母屋の者たちがもてなそうとしているのだろう。それなら酒と一緒に肴《さかな》も出せばいいのに。そう思って誰か呼ぼうとした途端、女中が盆を抱えて入ってきた。

先生の前に手早く酒肴《しゆこう》の皿が並べられていく。真っ白な鯛《たい》の刺身、かりかりに炙《あぶ》った油揚げ、湯気の立った蒲鉾《かまぼこ》。料理屋の厨房《ちゆうぼう》から持ってきたもののようだ。

なぜか先生はますます渋い顔になった。

「お口に合わないものでもありましたか」

女中が立ち去ってから、伊成は声をかける。

「いや、逆だ。どれも好物だから困るのだ。昼間から美味《おい》しいものばかり口にすると、夜に御馳走を食べようという気勢が削《そ》がれてしまう。晩酌の予定が狂って迷惑する」

自分勝手な難癖に伊成は噴き出しそうになった。この先生らしい屁理屈《へりくつ》だ。

「だったら召し上がらなくたっていいんですよ」

「それには及ばん。腹は減っているからな」

先生はいそいそと油揚げに醬油《しょうゆ》をかけてかじりつく。味には満足している様子で、口元がほんのり緩んでいた。伊成は先生の方へにじり寄る。

「もう一杯いかがです」

布団の上から身を乗り出して酒瓶を手に取った。屁理屈を並べていても、先生は滅多に酌を断らない。不満顔で差し出してくる盃《さかずき》に、なみなみと清酒を注いだ。

「多田や笹目は元気ですか」

伊成は同い年の学生たちの名前を口にする。最後に会ったのは去年、大学の卒業式だった。ずいぶん前にあった出来事の気がする。伊成は無理を押して出席したが、以来ほとんど外へ出られなくなった。

「そのようだな。二人ともまともに就職して働いている」

「多田はともかく、笹目を雇う会社があるなんて驚きですよ」

騒々しい性格の笹目とはうまが合い、神楽坂のカフェーに二人でよく繰り出したものだ。常連だったカフェー「千鳥」の不味いコーヒー——あの炭をかじったような不快な味が懐かしい。講義が終わって「千鳥」へ行き、新人の女給とお喋《しゃべ》りを楽しんだものだ。まだ十六、七の物怖《ものお》じしない少女で、確か宮子という名前だった。長い髪をいつも大きなリボンで結んでいた。彼女は元気にしているだろうか。

ふと、さっきまで見ていた夢が頭をよぎった。神楽坂の「千鳥」で先生から注文を取っていたパーマネントの女給は、そういえば宮子によく似ていた。ただし年齢がだいぶ違う。伊成の知っている彼女より七つ八つ上の大人に見えた。

まるで未来の宮子を夢に見た気分だ。

「ここ最近、皇太子殿下が新しくお生まれになった、なんてニュースはありませんよね」

伊成は夢で見た記事のことを口にする。昭和八年に発行された号外。

「聞いたことがないな。一体、何の話をしているんだね」

先生はにべもなく答える。あるいはこれから誕生されるのかもしれない。

あの夢には地下のプラットフォームに入ってくる電車も出てきた。今は地面の下を走る鉄道は開通していないが、もうすぐ上野《うえの》と浅草《あさくさ》の間で工事が始まると新聞で読んだ。完成は何年も先になるという。

未来の夢を見たという考えが、どうしても頭から離れなかった。

「先生は『件《くだん》』という小説をお書きになっていますよね」

関東大震災のせいで絶版になったそうだが、先生は内田百間という筆名で『冥途』という作品集を出している。「件」はそこに収録されている短編だ。

「妖怪《ようかい》の件《くだん》に生まれかわった男が、だだっ広い野原で群集に未来の予言をしろとせっつかれる……ああいったことは、本当にあるんですか」

半人半牛の件には未来を見通す力があると言われている。先生の小説では生まれてから数日で予言をして死ぬことになっていた。夢の中身を打ち明けるのは不吉な気もしたが、今さらどうということもない。どうせ近いうちに死ぬ身なのだ。

「何を言いたいのか知らんが、未来を見通すことなどあるわけがない……おい、何をしている。やめなさい」

伊成は酒瓶を抱えたまま、水差しと一緒に枕元にあった湯呑《ゆの》みを手に取っていた。手酌で酒を注ぐと、先生の制止も構わずに一口飲む。

「大丈夫ですよ。先生だってお一人で飲んでもつまらんでしょう。お気の毒ですから、少しぐらいお付き合いを……」

激しく咳《せ》きこむ羽目になったが、久しぶりの熱い喉越《のどご》しは心地よかった。

「言わんことじゃない。馬鹿な真似はするな」

叱りつける声には気遣いの色がある。人嫌いのようでいて、この先生は意外に優しいところがある。

「あるわけがない、とも言い切れませんよ」

呼吸が落ち着いてから、伊成はしゃがれた声で続ける。

「何が言い切れないんだ」

「俺はね、先生。どうやら未来の夢を見ているようなんです」

夢の中で伊成に語りかけてくる者はいなかった。きっと未来では死んでいて、幽霊にでもなっているのだろう。いや、そういえば一人だけ違う反応を示す者がいた。神楽坂の「千鳥」で先生と一緒にいた特徴のない学生。彼はこちらの存在を感じ取っていたかもしれない。窓から覗きこんでいる伊成の方を振り返って、不審そうに様子を窺《うかが》っていた。

　彼が誰なのかは知らない。今後も知ることはないはずだ。

＊

　昭和八年の春は例年より遅く来ていた。

　武蔵小金井《むさしこがねい》駅の改札を出た途端、甘木は首筋に誰かの視線を感じた。ぴりっと全身が総毛立つ。立ち止まって足元を見つめ、息を鎮めながら地面に散っている桜の花弁を数えた。

　気のせいとは思えない。しかし、相手が何者かを確かめることもできなかった。見知らぬ獣にじっと見られている心地だ。同じように駅舎から出てきた家族連れや学生のグループに次々と追い抜かされていく。

　ねばりつくような視線はやがて消え、ふっと甘木の首筋が軽くなった。再び大勢の人波に加わって歩き出した。目的地は同じなのか、ぬかるんだ道路に沿って誰もが北へ進んでいる。駅前の通りにも家々はまばらで、住宅地より別荘地と呼ぶ方がふさわしい郊外の村落だ。

　地面に落ちた花弁が増えてきている。甘木は桜の名所だという玉川《たまがわ》上水に向かっていた。行きつけのカフェーで働いている宮子から、皆で花見に行きましょうと誘われたのだ。ちょうど今が見頃だという。

中央線にはしょっちゅう乗っているが、都心から離れた武蔵小金井で降りたのは初めてだ。念のため早く出発したら、待ち合わせの時刻から一時間以上も前に着いてしまった。

今日は新学期が始まって最初の日曜日。今日の花見には甘木と一緒に誘われた青池と、それからなぜか卒業生の多田や笹目も来ることになっている。

もちろん、内田榮造先生は来ない。

先生に距離を置かれていることは宮子たちも知っている。甘木に気を遣って先生の名前は出さなかったのだろう。

去年の九月、先生に関係を断たれてから半年以上経っている。機会があればまた行き来はある、とあの時多田は言ってくれたが、その機会は今のところ訪れていない。

この半年ほどはおおむね平穏に過ぎている。普段の甘木は大学に通って講義を受け、終わると下宿へ帰っていく。休みの日には今回のように知り合いと遊ぶこともある。

先ほど駅舎を出た時のように、得体の知れない視線、その場にいないものの声、冷ややかな息吹《いぶき》を感じ取ることは珍しくなかった。それでも、首を突っこむような真似はせず、じっと俯《うつむ》いて気配が消え去るのを待てば、それ以上のことは起こらない。ドッペルゲンガーの騒動のような、あからさまな怪異とは無縁でいられる。

けれどもこの平穏さに居心地の悪さを覚えることはある。自分はこういう日々を送っていていいのか、という焦燥に似た感情。気がかりは先生のことだった。甘木と違って先生は怪異と距離を置くことはできない。いつ自分のドッペルゲンガーが舞い戻ってくるかも分からないのだ。

多田から伝え聞くところでは、先生は相変わらず元気なようだ。経営問題に端を発した大学内の諍《いさか》いに巻きこまれて、今年に入って辞職したという噂も聞いていた。しかしつい先日、何事もなかったように学内を歩いていて胸をなで下ろした。

時折、先生のうちを訪ねたいと思うことはあったが、結局そうしなかった。あの頑固な先生に来るなとはっきり言われたのだ。門前払いを食わされるに決まっている。

それにドッペルゲンガーの件を振り返れば、自分がいかに危険な目に遭っていたかも分かる。しばらく距離を置いた方がいいという、多田の忠告に従うべきだという結論に落ち着いた。

先日、青池のアパートにある月刊雑誌で、内田百閒という先生の筆名を見かけた。自分の借金を題材にした軽妙な文章を書いていた。最近は随筆の寄稿も増えてきているらしい。

(先生はもっと些細《ささい》なことでもいい文章が書けるはずだ)

ドッペルゲンガーの騒動があった時、甘木が口にした言葉に触発されたわけではないにしても、何かのきっかけにはなったのかもしれない。

そう思うと悪い気分ではなかった。

北へしばらく進むと玉川上水へぶつかる。

現れた光景に甘木は目を瞠《みは》った。明るい日射しの下、満開の桜並木が両岸の小径に沿ってどこまでも伸びている。人出が多いわりに不思議と声を荒らげて騒ぎ立てる者もいない。絵葉書のように静かな、現実離れした光景だった。

狭い上水路にかかっている古びた木橋へ向かう。そこが今日の待ち合わせ場所だった。周囲に知っている顔は見当たらない。甘木ほど早く着いた者はいなかったようだ。ちょうど行き来が途切れたのか、橋の上には誰もいなかった。

たもとまで来た時、甘木の喉がひとりでにひゅっと鳴った。

橋のちょうど中ほど、ささくれだった敷板の上に、ちょうど人の頭ぐらいの黒々とした丸いものがぽつんと置かれている。

一瞬、死者の首に見えた。

棒立ちになって目を凝らす。古びた山高帽子が桜の花弁をかぶっているだけだ。

内田先生、という言葉が口から出そうになった。

考えすぎだと自分に言い聞かせる。こんなところに先生がいるはずはないし、山高帽子を愛用する者がこの世に一人というわけでもない。しかし、先生がかぶっているものにとてもよく似ている。それだけははっきり断言できた。

不意にかくりと帽子が震えて、花弁が周囲に散った。生き物のように蠢《うごめ》いている。思わず後ずさると、帽子のかげから灰色の毛並が覗いた。

耳と目の縁だけが黒い、いやに胴の長い狐がのろのろ現れる。そんな大きな動物が隠れているとは思いもしなかった。いや、隠れる余地などあっただろうか。

灰色の狐は山高帽子の硬いつばをくわえて器用に持ち上げる。それから妙に人臭い目つきで甘木を一瞥《いちべつ》したかと思うと、手足をうねうねさせて目の前を横切っていった。そばにある大きな二階家へ勢いよく駆けこんでいく。

花見客向けらしい料理屋が、玉川上水の岸沿いにはいくつも並んでいる。灰色の狐が帽子とともに消えていったのはそのうちの一軒だった。瓦葺《かわらぶ》きの間口の広い店で、軒下には色あせた看板がかかっている。

いなり屋、という名前だった。

稲荷《いなり》神社にちなんでいるのかもしれないが、だとしても狐を飼う料理屋などあるわけがない。上がり框《がまち》から奥へと伸びた廊下に、もう狐の姿は見えなかった。動物が入りこんでいることを注意した方がいいだろう。

「ごめんください」

甘木は庇《ひさし》の下から声をかける。いくら待っても返事はなく、店の者が現れる気配もない。かといって休みでもないようで、大勢の話し声がさわさわと奥から流れてくる。しばし迷ってから、薄暗い土間に足を踏み入れた。ひやりと体が冷えた気がした。

「どなたかいらっしゃいますか」

沓《くつ》脱《ぬ》ぎの前でもう一度呼びかけたが、それでも何も起こらなかった。仕方なく靴を脱いで廊下に上がる。間口だけではなく奥行きもかなりある大店《おおだな》だが、建物は相当に古びている。何代も続いている料理屋のようだ。

狐だけではなく、帽子のことも胸に引っかかっている。内田先生に関係していたら、という疑いが消えない。確かめずにはいられなかった。

甘木は薄暗い廊下をふらふら進んでいった。左右の障子がいやに黄ばんでいて、古い羽目板が歩くたびに軋《きし》む。何十年も前の建物らしく、廊下には電灯も設置されていない。どことなく幽霊屋敷じみている。普段なら足を踏み入れたくはないが——。

廊下の角を曲がった途端、甘木の全身からぶわりと汗が噴き出してきた。

この半年あまりなるべく怪異には近づかないようにしてきた。それなのに、自分はここに来てしまっている。

あの狐に誘い込まれたのではないか。

一刻も早く出なければならない。甘木は踵《きびす》を返し、棒のように立ちすくんだ。

たった今通りすぎたはずの玄関が消え失《う》せている。薄暗い廊下の先には知らない曲がり角が現れていた。駆け戻ってその角の先を見る。同じような廊下がずっと続いているばかりだ。

どちらを向いても出口はなかった。

恐ろしい速さで心臓が早鐘を打っている。

甘木は屋敷から出られなくなっていた。

「未来を見たなどと本気で言っているのか、君は」
伊成が夢の内容——昭和という知らない元号の入った号外や、奇妙に発展した東京について話し終えると、内田先生は呆《あき》れ顔で油揚げをばりっと噛《か》んだ。離れでの奇妙な宴会はまだ続いている。

＊

どこかから生温かいすきま風が吹きこんで、壁にかかっている日めくり——大正十四年の四月五日の日付が大きく揺れた。布団の上であぐらをかいたまま、伊成は湯呑みの酒に再び口を付ける。今度は咳きこまずに呑みこめた。

「違いますかね。先生なら何かお分かりになると思ったんですが」

「分かる道理がないじゃないか。仮にその話が本当だとして、今ここにいる私には判断のしようがない。その未来とやらはまだ来ていないのだからな」

言われてみればその通りだ。先生に尋ねたところで意味はないわけだ。

「じゃあ『件』という先生の小説は……」

「あれについては、想像の産物だな」

にべもない返事で杯を呷《あお》る先生に、伊成はすかさず酌をする。実りのない結論だった。

けれども、辛気くさい現世のあれこれより、あやふやな夢の話をする方が伊成には楽しい。

怪奇めいた出来事には学生時代から惹《ひ》かれていた。

「『あれについては』ですか。先生らしいおっしゃりようで」

先生は内田百間の筆名で、奇妙な味わいの怪異譚《たん》をいくつも発表している。つまり他の小説には実際あったことも反映されているということだ。先生は怪異の気配を感じ取りやすく、若い頃からその場にいるはずのないものの姿を見たり、声を聞いたりすることが多かったという。

「俺の在学中にも色々ありましたしね」

「まあ、そうだな」

先生はため息まじりに答える。こうして親しくなったのは、伊成が同じような感覚の持ち主だったことが大きい。大学在学中の元気だった頃は、先生と一緒にあちこちの怪異に首を突っこんで調べ回ったものだ。怖くなかったわけではないが、好奇心の方が勝っていた。子供が悪戯《いたずら》で墓地に忍びこむようなものだ。先生も同じ気持ちだったと思う。

「最近は漱石先生の背広を着てらっしゃるんですか」

夏目漱石の弟子だった先生は、いくつか遺品を譲り受けている。そのうちの一つが背広で、着るとたまに妙な夢を見るという。試しに伊成も袖《そで》を通してみると、得体の知れない悪夢を見て高熱を出してしまった。

「もう古いものだし、体つきも変わってしまったから、この一年ほどは簞笥《たんす》から出していないな。このまま仕舞っておくつもりだ」

伊成はまじまじと先生を眺めた。障子を背にして影になっているが、今日の背広は見たことのないもののようだ。以前より肩や腹が丸々として、体が一回り大きくなっている。

「言われてみると贅肉《ぜいにく》がつきましたね。少しお酒を控えたらいかがですか」

「君のような不届きな病人に言われたくないな。君こそ酒を控えたらどうだ」

お互いの忠告を無視し合って、二人は揃《そろ》って杯を傾けた。離れにくつろいだ空気が漂っている。こんなに楽しい気分は久しぶりだ。酒が回り始めているだけかもしれないが。

「そういえば、あれはどうなりました」

「あれとは何だね」

「前にいらした時におっしゃってたでしょう。たまに自分そっくりの人影を見かけるって……ドッペルゲンガーというやつでしたか」

「ああ」

先生の口元がにわかに引き締まった。

「君にそんな話もしたかな」

さほど以前のことでもないのに、妙に曖昧《あいまい》な口ぶりだ。

「なさってましたよ。憶《おぼ》えてないんですか。芥川龍之介先生がドッペルゲンガーをやたらと気にされていて、そんな幻覚を見る君は頭がおかしいと言われ続けて閉口したって」

芥川龍之介は言わずと知れた流行作家だが、先生とは親しい間柄だと聞いている。先生の文才を高く評価していて、借金まみれの先生に仕事を斡旋《あっせん》してくれることもあるという。いつもなら友人についてはよく喋るのだが。

「芥川先生はお元気ですか？　雑誌や新聞を読む限りでは、最近もご活躍のようで……」

伊成は口をつぐんだ。先生の様子がおかしい。杯も箸《はし》も置いたまま、膳にぼんやり目を落としている。顔に影が差して表情がはっきりしない。不意に先生が知らない誰かに思えてきた。

体に肉がついただけではなく、髪形や顔形が記憶とは微妙に違っているような。

「なんだか、普段と様子が違いますね。今日の先生は」

気味が悪い、とは思わなかった。目の前にいるのが何者であれ、こうして退屈を紛らわせてくれていることに変わりはない。

「ひょっとして、ここにいらっしゃるのは先生のドッペルゲンガーですか」

試しにそうからかうと、先生はぱっと顔を上げる。虚を衝《つ》かれたような表情が、いつもの仏頂面に戻るまでやや時間がかかった。

「馬鹿を言うんじゃない」

硬い声で注意するが、否定はしなかった。もし本物の先生ではないとしたら――不思議と笑いがこみ上げてきた。むしろ面白い。それはそれで。

「まあ、俺としてはどっちでも構いませんがね。一緒に酒さえ飲んでいただければ」

自分の湯呑みに手酌で酒を注ごうとすると、にゅっと身を乗り出した先生に瓶を取り上げられる。叱られるかと思ったら、瓶を差し向けて酌をしてくれた。

「もう一杯だけだぞ」

「二杯でも三杯でもいただきますよ。ありがとうございます」

さて、本物かどうかはっきりしない相手と何を話そうか。夏目漱石の背広のことは憶えていたから、普通の会話をしてもよさそうだ。伊成が在学していた頃の思い出話が無難か。

とはいえ、一昨年《おととし》の関東大震災には触れないでおこう。お気に入りだった弟子のお初さん、伊成たちにとっても憧《あこが》れの存在だった、震災で亡くなった長野初さんを思い出させてしまう。先生は身内や知人の死を深く心に刻んでしまう人だ。ドッペルゲンガーとやらが本物とそっくりなら、ものの感じ方も似ているかもしれない。

もっと別の話をしよう。例えば自分と先生が出会った頃の出来事――。

「うん？　おかしいな。あれは何でしたっけ」

湯呑みを手にしたまま、伊成は眉間《みけん》を揉《も》んだ。

「また『あれ』か。今度は何だ」

「俺が先生とよくお会いするようになったきっかけですよ……どうして思い出せないんだろう」

先生と親しくなったのは、まだ大学に入ったばかりの頃だったと思う。ちょっとした困りごとがあって、軽い気持ちで打ち明けたら力になってくれた――大事な思い出のはずなのに、それ以上は靄《もや》がかかったようではっきりしない。伊成は苦笑いを浮かべる。

「飲み過ぎましたかね」

先生は笑わなかった。

＊

甘木は「いなり屋」の中を彷徨っている。

いくら廊下を進んでも曲がり角ばかりで果てがなかった。建物の造りからいってもありえない。常識では説明のつかないことが起こっている。

ざわめきは聞こえてくるのに、人の姿を見かけないのも異様だ。左右に並んでいる障子をいくつか開けてみたが、空っぽの座敷があるばかりだった。

原因はあの狐に違いない。

先生と一緒に何度か怪異と出会ってきたせいか、しばらくすると気持ちが落ち着いてきた。歩きながら辺りに注意を働かせてみる。

小さな生き物の足音が背後から聞こえた。振り向いた甘木が廊下の角を曲がると、つい先ほどまでなかった上りの階段が忽然《こつぜん》と現れている。後ろ足と長い尻尾《しっぽ》がするりと二階へ去って行くところだった。

あの灰色の狐だ。

階段が建物の出口に通じているか不安だが、このままあてもなく一階を彷徨っていても仕方がない。覚悟を決めて上がっていった。

甘木は長い廊下の端に出る。右手にはガラス窓が、左手には部屋が並んでいた。窓からは満開の桜並木が見下ろせる。突き当たりには便所らしい扉があった。

何の変哲もない古い二階家で、一階に漂っていた異様な空気はどこにもなかった。掃除の途中だったのか、踏み台やはたきが無造作に置かれている。この階には誰かが住んでいる様子だった。

甘木は慎重に廊下を進んでいく。開け放たれた襖《ふすま》の前を通りすぎようとして、ふと足が止まった。文机《ふづくえ》と大きな本棚が置かれた陽当たりのいい部屋で、壁には黒い学生服と学帽がかかっていた。

今、甘木が身に着けている学生服とよく似ている。それどころか学帽の校章までそっくりだった。甘木と同じ私立大学に通う学生なのだろう。

文机には写真立てがあり、学生服を着た青年が三人写っている。写真館で撮影されたものらしい。きっとそのうちの誰かがこの部屋の主なのだ。

立っている学生たちに囲まれて、眼鏡をかけた中年男が椅子に腰かけていた。妙に不機嫌そうな顔つきでこちらを睨《にら》みつけている。

「先生……？」

思わず駆け寄って写真を手に取る。一人だけカラーの高いシャツにネクタイを締めたその男は、間違いなく内田先生だった。体付きは今よりもほっそりして、年も若く見える。間近で見ると三人の学生たちのうち、二人は知っている顔だ。

笹目と多田だった。

彼らの学生時代は十年ほど前。つまり大正時代の写真ということになる。

問題はもう一人の学生だった。先生のすぐ隣に立って、唇の端に皮肉っぽい笑みを浮かべている。顔色があまりよくないことを除いて、中肉中背の容姿にははっきりした特徴がない。まるで見た目は違うのに、どこか甘木自身に似ている気がする。

文机には他にも文房具や花瓶が置かれていて、ノートの上に色あせた葉書が一枚載っていた。消印は大正十四年、差出人は「内田榮造」だ。先生がこの部屋の主に出したようだ。宛名《あてな》は「伊成一雄《かずお》」だった。

ここに住んでいる人物――今は何をしているか分からないが、伊成という名前らしい。そういえばこの料理屋には「いなり屋」という看板がかかっていた。先生の教えていた学生で、ここは彼の実家なのだろう。

多田でも笹目でもない、この笑っている青年が伊成一雄なのだ。

「……一雄」

自分ではない名で呼ばれて、甘木は振り返った。地味な黒地の着物を着た年配の女が入ってくる。目鼻立ちは写真の青年に似ていて、血の繋《つな》がりを物語っていた。

甘木の顔を穴が空くほど見つめてから、女は深く頭を下げた。

「失礼しました。二階の部屋は店の者が寝起きに使っておりまして。お客様向けの座敷は一階にございますよ」

客あしらいに慣れた者特有の淀《よど》みない調子で言う。料理屋の女将《おかみ》らしく物腰は丁寧で柔らかい。ただ表情に乏しいせいか、こちらをどう思っているのかよく分からなかった。

「いえ、こちらこそ申し訳ありません。つい、迷ってしまって……」

狐のせいとは言いかねた。甘木が持っている写真立てに、女将は怪訝《けげん》そうに目を注いでいる。

慌てて写真を見せながら弁解した。

「実はこの方たちと同じ大学に、今僕は通っているんです。こちらの方は息子さんですか」

甘木は先生の隣に立っている学生を指差す。女の眉《まゆ》がほんのわずかに寄った。

「そうです。もう何年も前……元号が昭和になってすぐの春、今頃の季節に亡くなりました。肺を患っていまして」

何年も前。肺病。伊成。甘木は以前、多田から聞いた話を思い出した。先生と一緒に怪異に関わっていた、多田たちと同輩の学生。卒業してすぐ肺病で亡くなったということだった。この部屋は故人が使っていた頃のままになっているのだろう。

「ここに写っている方たちとは面識があります。この先生に僕も師事していたので……」

甘木が人差し指を先生に移すと、伊成の母はにわかに顔を明るくした。

「ああ、内田先生ですか」

「ご存じなんですか」

「ええ。息子がとてもお世話になって。ここへいらしたこともあるんですよ」

「そうですか……」

甘木は思わず部屋を見回した。息子の恩師が招かれても不思議はないが、あの偏屈な先生がわざわざ東京の外れまで出向いてくることには違和感がある。何か事情があったのではないだろうか。

頭をよぎったのはあの灰色の狐だった。

「つかぬことを伺いますが、狐をご覧になりましたか」

不意に女将が訊《き》いてくる。狐という言葉にぎくりとした。考えを見透かされた気分だ。

「どうしてそれを？」

「たまにお客様が店の中で迷われることがあるんですよ。昔からこのあたりには狐が棲《す》みついておりましてね。姿を見かけると自分の居場所が分からなくなってしまうんです」

世間話のように語っている。狐に化かされた者は道に迷うという話なら甘木も知っている。しかし、昭和の新時代にそんなことがあるとは——いや、ないとも言い切れない。ドッペルゲンガーが徘徊《はいかい》しているぐらいだから、狐に化かされることがあっても不思議はない。

「女将さんもご覧になったことがあるんですね」

甘木の問いに、彼女は苦笑いで首を振った。

「いいえ、私や主人は全く。一雄……息子は物心ついた時から勘の鋭い子供で、よくいたずらをされていたようです。持ち物を隠されたり、廊下で脅かされたり……他愛もないことばかりでしたけれど」

そうそう頷《うなず》く気にならなかった。他愛のないことでも、怪異に付きまとわれていることに変わりはない。甘木ならごめんだ。

「そのいたずらはずっと続いたんですか」

「いいえ。大学に進んだばかりの頃、息子が内田先生にご相談して、こちらに来て頂いたんです。何をしてくださったのか分かりませんが、その後はすっかり大人しくなりました」

教え子から相談を受けて、先生はここへやってきたわけだ。怪異をきっかけに親しくなるのは、甘木と先生の関係に似ている。

「ですから、お客さまにいたずらをすることも、最近は滅多になかったんですけれども。私からもお詫《わ》びを申し上げます」

そう言って女将は腰を折る。狐の代わりに人間が謝るのもおかしな話だった。

「……大したことはありませんでしたから」

ふと、女将の言葉を思い出した。伊成という元学生が亡くなったのは昭和になってすぐの春、今頃の季節ということは、ちょうど七回忌を迎えているわけだ。

甘木ははっとする。狐がくわえていたあの山高帽子。

「内田先生は今日、こちらにいらしていませんか」

「いいえ、まだいらしておりません」

「まだ……つまり、いらっしゃるご予定なんですね」

「ええ。昨日お電話で命日に伺いたいとおっしゃいまして。七回忌の法要は済んだとお伝えしましたら、せめて墓参りをしたいと……うちの墓は近所のお寺にあるんですが、墓参りの前にお立ち寄りになるというお話でした」

あの山高帽子はおそらく先生のものだ。つまり、もうこの近くに来ている。今どこにいるのだろう。胸の内に不安が広がっていく。まだここへ姿を現さないことにも、あの狐が関わっているかもしれない。

「えっ」

つい甘木は妙な声を発した。

二階の部屋からは裏手の庭園が見えている。奥には平屋の離れが建っていて、甘木たちのいる母屋とは渡り廊下で繋がっている。その瓦葺きの屋根を灰色の狐が歩いていくところだった。口には黒い山高帽子をくわえている。

「どうなさいました」

「……渡り廊下の屋根を見て下さい」

「何かございますか」

女将は怪訝そうに甘木が指差した先を窺っているだけだった。狐が見えていないらしい。あれは普通の生き物ではないのだ。

渡り廊下の端まで行き着くと、雨樋《あまどい》を伝うようにして地面に降り立った。相変わらず山高帽子のつばをくわえたまま、離れの掃出し窓へ近づいていく。

「あの離れは何に使われているんですか」

「今は何にも。昔、病の重くなった息子があそこで療養しておりました。その後はただの空き部屋でございますよ」

ざわりと首筋の毛が逆立った。伊成という学生はそこで息を引き取ったのだ。ただの空き家という話だが、庭に面した掃出し窓が細めに開いている。

狐は長い胴を伸ばすようにして、窓の隙間から廊下へ飛び上がった。このままだと見失ってしまう。先生の居所も分からなくなる。

「ちょっと失礼します」

甘木は廊下へ飛び出し、階段を駆け下りていった。先ほどと違って一階は何の変哲もない、昔ながらの料理屋の間取りになっていた。客や女中が廊下をせわしなく行き来している。

彼らを縫うようにすり抜けて、甘木は離れのある方へと急いだ。

＊

午後の三時を過ぎても伊成たちの宴会は終わらなかった。

もう一杯だけと釘《くぎ》を刺した先生だったが、伊成がその一杯を飲み干すとまたお代わりを注いでくれる。酒とは誠に美味いものだ。いい気分だった。

「狐だよ」

先生が暗い目でぽつりと言った。

「何がですか」

「私と君がこうして二人で酒を飲んだり、一緒に出かけたりするようになったきっかけだ」

狐。

声に出さずにつぶやく。その途端、伊成の記憶が少しずつ蘇《よみがえ》ってきた。昔からこのいなり屋には狐が棲みついている。野山にいるただの動物とは違う。ありもしないものを見聞きさせる力を持つ、つまりは人を化かす妖狐の類いだ。

伊成は子供の頃からその姿を見かけていた。いたずらをされることもしばしばで、彼にとってはずっと鬱陶《うっとう》しい存在だった。大学に入ったばかりの頃、軽い気持ちで先生に話したところ、突然この屋敷へやって来てくれたのだ。

「そうそう、先生があいつを叱ってくれたんでしたね」

あの狐は人語を話さないが、理解はできるようだった。それからは悪さをすることもなくなり、伊成には敬うような素振りを見せるようになった。

「懐かしい。あれは愉快だったな」

先生の方も仏頂面の下で同じように感じていたはずだ。以後、どこかで怪しい現象が起こったと聞くと、二人で見物に出かけるようになった。子供が肝試しをするような気分だった。

「愉快なものか」

突然、先生は声を荒らげた。

「怪異に関わるなど馬鹿げている。あんなことをするのではなかった」

苦々しげに酒をあおっている。伊成は目を瞠った。こんな物言いをする先生は初めてだ。

「先生だって楽しそうだったじゃありませんか。この前いらした時だって、俺が元気になったら二人でドッペルゲンガーについて調べようとおっしゃって……あれ、この前じゃなかったかな」

伊成は日めくりに目をやった。先生がその話をしたのは今年、つまり大正十四年になってすぐ――いや、もっと前だったか。去年？　一昨年だったかもしれない。なぜこんなに記憶が曖昧なのだろう。

「あんなことは病気の君を励まそうと言ったまでだ。もし何があっても知らぬふりを続けて、自分から怪異に関わろうとしていなければ、君は」

糸が切れるように先生は押し黙る。いつのまにか部屋のすぐ外に女中がやって来ていた。障子を細めに開けて、小声で先生と話し始める。障子に映った黒い影をぼんやり眺めているうちに、突然冷水を浴びた気分になった。

女中の顔がはっきり思い出せない。

そもそも、なぜ看護婦でもない女中に離れへの出入りを許しているのか。万が一にも病気をうつさないよう、両親ともあまり顔を合わせないようにしているのに。

果たして本当に女中などいるのだろうか。それすらも自信が持てなかった。

障子が元通りに閉まる。しかし、女中の影はまだ廊下に佇《たたず》んでいる。

「何の用だったんですか」

「大したことではない。これを拾いに行ってくれただけだ」

そう言いながら黒い山高帽子を見せた。先生がずっと愛用していて、伊成も学生時代から何度となく目にしている品だった。

「さっき橋のところに置き忘れてしまってな」

伊成は声を失った。数ヶ月前、先生がここに来た時とは帽子の様子が違う。絹の帯が色あせて、フェルトにも修繕の跡がある。大して時は経っていないはずなのに、明らかに古びてしまっている。一体なぜ――。

「ああ、そうか」

急に目の前の霧が晴れ、喉のつかえも取れた心地がした。

念のため湯呑みの酒をもう一口飲んでみる。もはや咳一つ出てこない。伊成は口の端に笑みを浮かべた。どうやらとっくに病からは解放されているらしい。

「自分から怪異に関わろうとしなければ、君は死んだりしなかった」

伊成が告げると、先生の顔が凍りついた。図星だったようだ。

「先生がおっしゃりたいのは、そういうことでしょう」

ようやく彼は悟っていた。

自分はとうに死んでいる。未来を夢見る必要などない。今がその未来なのだ。

改めて大正十四年の暦《カレンダー》に目を凝らした。いつからめくられていないのか、薄い紙はすっかり黄ばんでいた。

「今年は何年ですか」

「昭和八年だ。昨日が君の七回忌だった」

低い声で先生が答える。七回忌。それだけ経てば先生の容姿が変わるのも当たり前だ。

「ドッペルゲンガーですか、なんてさっきは失礼なことを言っちまいましたね。先生はれっきとした人間だ。俺の方が……うん？　どう呼べばいいんですかね。俺は幽霊なんですか」

「そのようなものだ。生前の記憶を持つ、不安定な分身というべきか」

「ほう、なるほど」

伊成は感心して顎《あご》を撫《な》でた。つまり伊成こそドッペルゲンガーと言えるのかもしれない。

「命日の頃にここへ来れば、久しぶりに君と話せる予感がしたのだ。店の玄関に着くと、後は狐がこの離れまで案内してくれた」

障子に映っている女中の影が、いつのまにか小さな動物ほどの大きさに縮んでいる。

離れで伏せっている間、狐は毎日のように姿を見せていた。よく母屋から雑誌や新聞を持ってきてくれたものだ。まるで女中のようだと思ったこともあったが、本当に女中に化けるとは夢想だにしていなかった。

「久しぶりにここへいらしたということは、俺に何か用があったんですよね」

先生は膳を脇へ除《よ》けて座り直した。大きく見開かれた両目が、瞬きもせずに伊成を見据えている。への字に曲がった唇がぴくりと震えた。先生の内にある感情を伊成はうまく読み取れなかった。

「君は自分が死んだ時のことを思い出せるか」

「まあ、だいたいのところは」

古い写真帖《アルバム》を眺めている感覚だったが、それなりに記憶を取り戻していた。針穴から息を吸うような苦しさ、壊れた肺から吐き出された血の臭い。そして全身を苛《さいな》む激痛。

「最期は酷いもんでしたよ。死んじまって良かった、良かった」

冗談のつもりだったが、先生はさらに顔を強張《こわば》らせた。

「なぜ自分が死んだと思う」

「なぜって、そりゃ肺の病ですよ。先生だってご存じでしょう」

戸惑いつつも伊成は答える。

「本当にそれだけだと思うかね」

何を言いたいのかようやく呑みこめてきた――怪異に関わろうとしていなければ、君は死なずに済んだ。さっき先生自身が口にしようとしていた言葉。

「なるほど。先生はこういうことを心配されているわけですね。自分と一緒に怪異に関わったせいで、俺は死んだんじゃないか、と……」

先生は息を詰めて返事を待っている。妙にみっしりとした、丸い岩のようなその姿を眺めているうちに、つい伊成は噴き出してしまった。ぎょっとしている先生の様子がまた可笑《おか》しい。ついに声を上げて高く笑ってしまった。

「関係ありませんよ、先生。もともと俺は体が丈夫じゃなかった。長生きは望めなかったんです」

ひとしきり笑った後の爽快《そうかい》な気分で答えた。伊成は大学生活を思う存分楽しんでいた。怪異を求めて先生と出歩いたこともかけがえのない経験だった。あの輝くような日々のためならば、短い人生の多くを占めていた闘病にも意義があったと思える。

「まあ、無理はしていましたから、多少は寿命が縮んだかもしれませんがね。もし再発することが分かっていても、きっと同じことをしましたよ」

先生の顔色はそれでも優れなかった。よほどの不安があるようだった。

「しかし、私の分身は周囲の者の命を奪おうとしているのだ」

干からびた声でつぶやいた。意味はよく分からなかったが、残念ながら詳しく尋ねる時間はなさそうだ。母屋の方から誰かの近づいてくる気配がある。先生も気付いているようで、その方向に横目を送っている。あるいは先生の知っている誰かなのかもしれない。

「結局、周りの人たちが心配なんですね。自分のせいで誰かが死にはしないかって。意外に先生も人情家だ」

むすっとした顔のまま先生は返事をしなかった。自分の情の深さを素直に認めないのはこの先生らしい。

「気に病んだって仕方ありませんよ。どうせ人は死ぬんです。先生も周りの人たちも、どんなに長生きしたってみんな最後はこちらへ来るんですから」

「そんな乱暴な話があるか。だからといって危険を放っておいていいものでもあるまい」

「それなら安全のために近くで見守ってやらないと。先生が知らない間に、知り合いの誰かが怪異に首を突っこんだらかえって大事《おおごと》じゃありませんか」

伊成は湯呑みの最後の一口を飲んだ。もう現世では一緒に酒を飲む機会は訪れないという確信がある。後は先生が亡くなって、あの世に来てくれるまで待つしかない。

「とにかく、あまり考えすぎないことです。どうするのかは先生だけじゃなく、周りの人たちが決めることでもあるんですよ」

渡り廊下を歩く足音が聞こえてくる。障子の向こうにいた狐の影が、煙のようにぱっと散っていった。かわりに学帽と学生服を身に着けているらしい、いかにも大学生風の高い影が障子の向こうに立った。元気だった頃の伊成と同じぐらいの背格好だ。

からりと障子が開き、温かな春の日射しが座敷に満ちる。

ふと真っ白なまばゆい光の向こうに、はるか遠い未来が見えた気がした。

何十年か先、先生は老いさらばえて床の中で日々を送るようになる。いつ迎えが来ても仕方がないと思い始めた頃、温かな春の日にまどろんでいる先生を伊成が訪れるのだ。

もう十分に生きて、大勢の人を見送ったでしょう。次は先生の番ですから、早くこちらへ来て下さいよ。

そんな風に耳元へ呼びかける。いや、先生の耳は遠くなっているだろうから、もっと分かりやすくはっきりした言葉を選ばなければならない。

――まあだかい。

ずっと待っているんですよ、と。

＊

渡り廊下への行き方が分からず、甘木が離れに着くまでに時間がかかってしまった。

障子を開けた彼の目に入ったのは、がらんとした座敷だった。調度らしい調度もない文字通りの空き部屋だ。障子に近い端の方に、体格のいい中年男が正座している。

「……甘木君か」

座ったままこちらを見上げたのは内田榮造先生だった。先生の前に朱塗りの膳があり、なぜか木の葉や木の実が盛られている。そばにはさっき狐がくわえていた山高帽子と、半分しか中身の入っていない一升瓶があった。

他には誰の姿もない。先生一人だけだった。

「ここで何をなさっているんですか」

何かがあったことは間違いない。ついさっきまで他に誰かがいたような、奇妙な気配も漂っていた。木の葉に混じって膳の上には杯が置かれている。

「……何を、というほどのことではない」

膝に手をついて立ち上がり、山高帽子を自分の頭に載せる。

「ここでの用はもう済んだ」

先生は素っ気なく言い残すと、一升瓶の首をつかんで座敷から出て行ってしまった。

いなり屋を出た内田先生は西日に照らされた桜並木を歩いていく。

この先にある寺まで行って、伊成という学生の墓参りをするのだという。来るなとは言われなかったので、甘木もすぐ後ろをついていった。先生と二人でこんな風に歩くのは、ドッペルゲンガーの騒ぎがあった晩以来だ。

「君はあの料理屋で何をしていたのだ」

先生が前を向いたまま言った。

「山高帽子をくわえた狐を見かけたので、後を追いかけていったんですが……」

甘木は順々に説明していった。建物の中を歩き回る羽目になったこと、伊成の部屋で先生たちの写真を見かけたこと、伊成の母親と話したことも。

「先生はあの狐に何かされなかったんですか」

「何もされていない。あれは私が忘れた帽子を取ってきてくれただけだ。偶然その姿を君が見かけてしまったわけだな」

独り言のように先生が答えた。

「偶然にしては嫌な目に遭いましたよ。どうしていなり屋で僕を迷わせたんでしょう」

あのまま屋敷の中を彷徨っていたらどうなっていただろう。狐に化かされるなど初めてだから、まるで想像がつかない。

「危害を加えるつもりはなかったさ。ただ私たちが少しでも長く話せるよう、時間を稼いでくれただけだ」

私たち、という言葉が引っかかった。あの座敷には先生しかいなかったが、ずっと一人だったわけではないのだろう。誰かと話しこんでいたのだ。

相手に察しはつくが、だからこそ確かめる気にならなかった。

「それにしても怪異に自分から首を突っこむとは、愚かにもほどがある。普段からそんな迂闊《うかつ》な真似をしているのかね」

「普段からしているわけじゃありませんよ。見かけたのが先生の山高帽子だったので、慌ててしまったんです」

突然、山高帽子ごと先生がぐるりと首を回した。大きく両目を剝《む》いて甘木の顔を凝視している。

「見かけただけで、私の帽子だと分かったのかね」

「まあ、確信はありませんでしたが……先生のものによく似ていましたから」

それでも先生は釈然としない様子だった。疑われているようでむっとした。

「先生ほどではないですけど、僕にも観察眼はあるんです。他人から見られる気遣いがない人間は、見ることに集中できますからね」

以前、先生からかけられた言葉で切り返す。虚を衝かれたようにぴくりと肩を震わせて、先生はため息まじりにつぶやいた。

「……見守ってやらないと、というわけか」

「何のお話ですか」

答えを避けるように再び前を向き、先生は寺の山門をくぐった。

境内は川岸と違って松の木が青々と葉を茂らせている。本堂を回って奥へ進むと小さな墓地がある。ちょうど数人の男女が墓参りをしていた。

「君たちも来ていたのか」

声をかけたのは先生だった。手前に立っている男たち二人がこちらを向く。多田と笹目だった。伊成の部屋にあった写真よりも年を重ねて、背広姿も板に付いている。

「先生も伊成の墓参りですか」

多田や笹目は目を丸くしている。考えてみればこの二人は伊成の同窓生だ。七回忌に墓参りをしに来ても不思議はない。もともと今回の花見はそれを兼ねていたのだろう。

笹目のかげからパーマネントの髪に黒い帽子をかぶった女性がひょいと顔を見せる。

「先生、ご無沙汰《ぶさた》しています……あら、甘木さんまで！」

と、宮子が言った。今日の彼女は黒と白の縦縞《たてじま》が入ったワンピースを着ている。普段よりはいくらか地味な装いだ。宮子から少し距離を置いて、学生服姿の青池が所在なげに佇んでいる。

「宮子さんも伊成さんのお墓参りに？」

甘木が尋ねる。

「ええ。伊成さん、うちの常連だったのよ。明るくて楽しい方で……わたしが新人だった頃、とても優しくしてくださったわ。だから毎年ここに来ているの」

宮子は遠い目で微笑んだ。何年も前に亡くなった人の墓参りに来るのだから、特別な思い出があるのかもしれない。

「宮子ちゃん、伊成にはずいぶん態度が違ったからな」

笹目が文句を言った。

「俺が『千鳥』で騒いでいる時は、ほとんど伊成も一緒だったんだぜ。それなのに説教を食らうのは俺ばかりだった」

「伊成さんと違ってお酒の飲み方に品がなかったからです。まあ、笹目さんが亡くなっても、毎年お墓参りぐらいはして差し上げるわよ」

「ええ……生きてるうちに優しくして欲しい」

二人のやりとりをよそに、多田は黙って墓前で手を合わせている。いつのまにか青池が甘木のすぐ隣に寄ってきていた。

「どうして青池は墓参りをしているんだ？」

甘木は小声で話しかける。他の三人はともかく、どう考えても青池には伊成との接点がない。

「武蔵小金井に早く着いたら、宮子さんとばったり会ったんだよ。花見の前に墓参りだっていうからついてきただけだ。そうしたらここに笹目さんたちもいて……」

所在なげなのも当然だった。自分に何の繋がりもない、全く知らない人の墓前で、どんな顔をすればいいいかは難しい。

「それを言うなら甘木こそどうしてここにいるんだ。伊成さんって人にはお前だって面識がないんだろう」

青池の声に宮子と笹目も話をやめた。立ち上がった多田も怪訝そうにこちらを見ている。甘木は軽く頭をかいた。言われてみると、何も考えずに先生の後をついてきてしまった。

「……ちょっと事情があって」

山高帽子をくわえた狐の話はしにくかった。それにドッペルゲンガーの騒ぎがあってから、青池は極度に怪異の話題を恐れている。

「面識はないけれど、全く知らない人にも思えなかったから」

先生と同じような師弟関係を結んでいて、怪異に触れていた人だった。生前に使っていた部屋を見て、母親からも話を聞いている。

「そういえば、先生と一緒にいらしたわね。仲直りなさったの?」

他の者が避けていたであろう質問を、宮子がずばりと投げかけてきた。甘木が一方的に接触を禁じられただけで、仲違いと呼んでいいか迷うところだが。

「甘木君とはたまたまそこで会ったのだ」

先生は玉川上水の方へ軽く顎をしゃくった。まるで道端で顔を合わせたような口ぶりだ。余計なことは言うな、という風に甘木にぎょろりと目を剝いた。

関わりのない人たちに怪異の話をしない——先生はそういう決まりを自分に課しているようだ。伊成という学生と何をしていたのか、多田も笹目も知らなかった。

「今日の花見の場所なんだが、すぐ近くに料理屋があってね」

墓参りを終えた多田が、いつもより大きな声で甘木に言った。少し距離を置いている先生にわざと聞かせている気がする。

「桜が綺麗《きれい》に見える座敷を借りたから、そこでやろうと思っているんだ。この伊成って男の実家で……」

「いなり屋ですね。知っています」

甘木が後を引き継いだ。どうやらあの店に再び戻ることになりそうだ。多田は軽く目を瞠っただけで、どうして知っているのか問いただささなかった。怪異に関わるような事情には深入りしない。多田も先生とは別の決まりごとを持っている。

「それならいい。僕たちは先に行っているから」

多田たちは甘木と先生だけ残して去っていった。先生を花見に誘うのが礼儀のはずだが、今の甘木たちの微妙な間柄に配慮してくれたのだろう。

先生は多田たちが供えていった花や果物のそばに、自分が提げてきた一升瓶を置いた。線香に火を点けて、しばらく墓前で手を合わせる。先生の後で甘木も同じようにした。

「今の天皇陛下に皇太子殿下が誕生される、という話を聞いたことはあるかね」

立ち上がった甘木に向かって、先生がいきなり言った。墓前にふさわしいとは思えない、唐突な話題に面食らった。それとも、何か意味があるのだろうか。

「いえ、知りませんが。ご懐妊が発表されたんですか」

今の天皇陛下にまだ皇太子はいらっしゃらない。もし発表されたら号外の一つや二つ出ているはずだ。何しろ昭和の御代の次に即位される方なのだから。

「いや、発表もまだされていないが、今年の十二月にお生まれになるらしい。お名前を明仁親王とおっしゃるそうだ」

思わず甘木は先生の顔を覗きこむ。冗談を言っているわけではなさそうだ。今は昭和八年の四月で、十二月はまだ半年以上も先だ。ご懐妊ならまだしも、お名前まで分かるはずがない。

「ひょっとして、酒に酔ってらっしゃるんですか」

先生が持ってきた一升瓶には半分中身がない。誰かが飲んだのは間違いなかった。ふと、先生は口元に薄い笑みを浮かべる。そんな顔を見るのも久しぶりだった。

「それが現実になったら、件も想像の産物とは言い切れんな」

「えっ？」

思わず聞き返したが、先生は答えなかった。考えこむような様子で、区切るように言葉を継いだ。

「今年の十二月、私と一緒に神楽坂の洋食屋で食事をする気はあるかね。皇太子殿下ご誕生のお祝いに」

甘木は困惑した。話の流れがまるで読めない。いなり屋での騒ぎに関係はありそうだが。

「それは食事のお誘いですか」

一応念を押してみる。なぜか先生は困惑気味に眉を寄せた。自分でも気が付いていなかったのだろうか。

「まあ、そういうことになるか……決まっているなら仕方がないと思ったが、考えてみれば、それも君の決めることだな」

独り言のようにつぶやいてから、急にまっすぐ背筋を伸ばした。そして、甘木と正面から目を合わせる。

「さて、どうする。甘木君」

和解の申し出らしいことだけは察しがついた。

先生の物言いは普段と違っている。教授の立場から目下の学生を誘い出しているのではない。真剣に甘木の意思を問うているようだ。怪異に巻きこまれる危険に身を置いて、自分と師弟関係を続けるのかどうかも含めて。

答えは分かりきっている。

先生の身に何かあったと思えば、甘木はどうせ自分から怪異に関わってしまう。多少距離を置いたところで同じことだ。わざわざ離れている意味がない。

それに怪異と一人で向き合い続けることが、先生にとって良いことだとも思えない。先生も生身の人間なのだ。凡庸な自分でも何か力になれることはあるかもしれない。

「もちろん、僕でよければご一緒しますよ」

と、甘木は答える。先生の口元がかすかに緩んだ気がした。

「でも、冬になる前に先生と食事してはいけないんですか」

先生は答えを探すように、しかめっ面でしばし首をひねった。

「……別にそういうわけではないな」

「これから多田さんたちといなり屋で花見をするんです。先生もいらっしゃいませんか」

再び長い間があった。

遠くで桜並木が風に揺れ、無数の花弁が空へ散るのが見えた。

「うむ。付き合おう」

先生はきっぱり頷いた。甘木の胸に温かな感情が広がる。一年半前、神楽坂で初めて先生と食事をした晩、受け取ったものと同じだった。

「そうと決まれば早く行こう。腹が減っているんだ」

竹のステッキを突いて、先生は大股《おおまた》に歩き出した。

「さっき好物ばかり出されたと思ったら、ただの木の葉だったからな」

「あの座敷にあった葉っぱですね。あれは一体何だったんですか」

急ぎ足で追いついた甘木が問いかける。

伊成家の墓から二人の淀みない掛け合いが遠ざかっていく。

昼下がりの風は止み、鳥の声も今は聞こえない。春の静寂《しじま》ばかりが後に残っている。

参考文献

『新輯 内田百閒全集』（福武書店／一九八六〜一九八九年）
『内田百閒集成』（ちくま文庫／二〇〇二〜二〇〇四年）
内田百閒『恋日記』（中公文庫／二〇〇七年）
森田左翫『内田百閒帖 増補改訂版』（湘南堂書店／二〇〇五年）
『百鬼園寫眞帖』（旺文社／一九八四年）
『別冊太陽 内田百閒 イヤダカラ、イヤダの流儀』（平凡社／二〇〇八年）
平山三郎『実歴阿房列車先生』（旺文社文庫／一九八三年）
平山三郎編『百鬼園先生よもやま話』（旺文社文庫／一九八七年）
平山三郎編『回想 内田百閒』（津軽書房／一九七五年）
佐藤聖編『百鬼園先生——内田百閒全集月報集成』（中央公論新社／二〇二一年）
内山保『随筆集 一分停車 増補版』（内山南雄／一九九六年）
多田基『内田百閒先生の憶い出』（実践女子学園「多田基先生の米寿を祝う会」／一九八八年）

中村武志『内田百閒と私』（岩波書店／一九九三年）
雑賀進『実説 内田百閒』（論創社／一九八七年）
森田たま『もめん随筆』（中公文庫／二〇〇八年）
川村二郎『内田百閒論』（福武書店／一九八三年）
伊藤隆史・坂本弘子『百鬼園残夢』（朝日新聞社／一九八五年）
酒井英行『内田百閒――〈百鬼〉の愉楽――』（沖積舎／二〇〇三年）
備仲臣道『内田百閒　文学散歩』（皓星社／二〇一三年）
備仲臣道『内田百閒　百鬼園伝説』（皓星社／二〇一五年）
山本一生『百間、まだ死なざるや――内田百間伝』（中央公論新社／二〇二一年）
『漱石全集』（岩波書店／一九二八〜一九二九年）
津金澤聰廣・土屋礼子編『大正・昭和の風俗批評と社会探訪――村嶋歸之著作選集』（柏書房／二〇〇四〜二〇〇五年）
週刊朝日編『値段の明治大正昭和風俗史』（朝日文庫／一九八七年）

令和五年現在、一般的には「内田百閒」と表記されますが、本作中では昭和六〜八年当時に使われていた「内田百間」の表記を採用しました。（編集部）

初出一覧

「背広」　「文芸カドカワ」二〇一七年十月号
「猫」　「文芸カドカワ」二〇一九年七月号
「竹杖」　「小説 野性時代」二〇二二年八月号、十月号
「春の日」　書き下ろし

本書は一部実在の人物をモデルにしたフィクションです。

三上 延（みかみ　えん）
1971年神奈川県生まれ。2002年に『ダーク・バイオレッツ』でデビュー。11年に発表した古書をめぐるミステリ『ビブリア古書堂の事件手帖 ～栞子さんと奇妙な客人たち～』からはじまる「ビブリア古書堂の事件手帖」シリーズが大ヒットし、12年には文庫初の本屋大賞ノミネートを果たすなど大きな話題に。同シリーズは第1シリーズ「栞子編」完結後、18年より第2シリーズの「扉子編」が刊行されている。他の著書に、『江ノ島西浦写真館』『同潤会代官山アパートメント』などがある。

百鬼《ひやつき》園《えん》事《じ》件帖《けんちよう》

2023年9月1日　初版発行

著者／三上《みかみ》 延《えん》

発行者／山下直久

発行／株式会社KADOKAWA
〒102-8177　東京都千代田区富士見2-13-3
電話　0570-002-301（ナビダイヤル）

印刷所／大日本印刷株式会社

製本所／本間製本株式会社

ISBN 978-4-04-113186-2　C0093